王先霈 / 主编

桂岳诗派

傍晚下起了阵雨

◎易飞 著

华中师范大学出版社

新出图证(鄂)字 10 号
图书在版编目(CIP)数据

傍晚下起了阵雨 / 易飞著. -- 武汉：华中师范大学出版社，2024.12. --（桂岳诗派 / 王先霈主编）.
ISBN 978-7-5769-0615-8
Ⅰ.Ⅰ227
中国国家版本馆 CIP 数据核字第 20244PG071 号

傍晚下起了阵雨
BANGWAN XIAQILE ZHENYU
ⓒ 易 飞 著

责任编辑：张怀东	**责任校对**：王 胜
封面设计：罗明波	
编辑室：学术出版分社	**电话**：027-67863220
出版发行：华中师范大学出版社有限责任公司	
社址：湖北省武汉市洪山区珞喻路 152 号 **邮编**：430079	
销售电话：027-67863426(发行部)	
网址：http://press.ccnu.edu.cn	
电子信箱：press@mail.ccnu.edu.cn	
印刷：武汉精一佳印刷有限公司	**督印**：刘 敏
开本：880mm×1230mm 1/32	**总印张**：98.125
版次：2024 年 12 月第 1 版	**印次**：2024 年 12 月第 1 次印刷
总字数：1950 千字	**总定价**：898.00 元(全十二册)

欢迎上网查询、购书

敬告读者：欢迎举报盗版，请打举报电话 027-67867353

ISBN 978-7-5769-0615-8

《桂岳诗派》编委会

主　编　王先霈
顾　问　蔡红生
主　任　秦　恒　付义朝
副主任　钟文锐
成　员　李　晶　谢　琴　魏耀武
　　　　　　周　义　宋汉涛　沈　思
　　　　　　任梦璐

前　言

　　校园诗人历来是当代中国文学的一支劲旅。从桂子山走出去、现已故去的知名诗人，新体诗有光未然、曾卓、董宏猷等，旧体诗有陶军、黄弗同、佘斯大等。目前活跃在诗坛上的则更多。

　　华中师范大学党委宣传部和出版社从校园文化建设的角度出发，策划出版《桂岳诗派》一书。华中师范大学出版社于1997年到2011年曾陆续出版过名为"桂岳书系"的系列丛书。该丛书编辑出版的目的在于"从根本上强化学校的建设，使高等学校稳稳地站立在文化的峰顶"。因此，这次策划出版《桂岳诗派》，在拟定选题名称上也借鉴了"桂岳"之名。

　　本套书在入选诗人的标准方面，经过多次讨论，最后确定的原则是：其一，只选目前健在的诗人；其二，以中青年诗人为主体，部分年长的诗人只要创作仍然活跃，亦可选入；其三，既可以选新体诗人，也可以选旧体诗人；其四，以华中师范大学校友出身的诗人为主体。秉承上述原则，刘益善、谢克强、李少君、张执浩、李强、余仲廉、邹惟山、段维、姚泉名、胡均华、剑男、易飞的优秀诗作入选《桂岳诗派》。12位诗人中有10位为华中师范大学校友，个别诗人虽未曾在桂子山求学、任教，但长期关注、支持华中师范大学诗教工作，高度认可"桂岳诗派"，为展现华中师范大学诗教工作既立足桂子山，又走出桂子山的博大和开放理念，我们也谨慎将之选入。

从入选的12名诗人的诗体来看，新体诗人占了9位，旧体诗人只占3位。这与当下新体诗的"强势地位"是吻合的。但新旧体诗从来不应该对立，而应该相互借鉴、相融共生。从诗歌的源头来看，旧体诗是新体诗的源头。新体诗在"五四"时期才从旧体诗的母体中分娩出来，自立门户。旧体诗有2500多年的历史，而新体诗的历史不过百年。现在就说新体诗一定会比旧体诗有前途，恐怕太过武断。新体诗还在不断嬗变中，将来走向何方谁也说不清楚。但可以肯定的是旧体诗不可能消亡，它会在不同时代因融入时代特色而卓然生辉。当然，新体诗完全可以从旧体诗中吸收有益的营养，发挥旧体诗所不具备的相对自由表达的优长，不断地去完善自己。从历史上来看，那些著名的新体诗的倡导者如胡适、闻一多、何其芳等，其旧体诗功底都极为深厚；而像徐志摩、戴望舒、余光中、郑愁予等，其新体诗中都充盈着旧体诗的元素。

刘益善从华中师范大学毕业后，长期在文艺单位工作，曾任湖北省作协副主席和《长江文艺》杂志社社长、主编，培养过众多的作家和诗人。他的《翠柳街》主要是对当下日常生活的思考，遥远乡村岁月的记忆，浩浩长江上的感悟，革命年代人事的叙写，是一种多声部的合唱。作者用朴实晓畅的诗句，书写了城市繁华中那留在小街的乡愁，乡村振兴后那遗留在一隅的旧屋，那挂在奔腾的万里长江江面的夕阳，大别山里的一响而聚众四十八万的铜锣，民主人士的最后演讲，深藏功名六十五载的老兵。诗里有长吟、有短咏，充满了激情和深情，有不绝如缕的思恋。

谢克强是一位相当活跃的诗人，曾任湖北省作家协会驻会副主席、《长江文艺》副主编、《中国诗歌》执行主编，对于作家和诗人而言也是一位知名的伯乐。他的诗集《风从故乡来》所收作品主要是其近期所作，无论是故乡的风、父亲的土地、母亲的炊烟、儿时的往事，还是阔别多年重回故土的万千感怀，都使诗人将乡情乡愁作了一番诗意的诠释。这种诠释已不再是乡情乡愁，而是一种根的哲学、一种人生与命运的诠释。诗人以质朴的语言、真挚的情感、不凡的构思，将实与虚巧妙结合，更将具象升华为意象，不仅营造出诗的情感境界，也使诗作获得美的意蕴，因而既给人以思想启迪，又给人以审美愉悦。

李少君曾任《天涯》杂志主编，现为《诗刊》主编，不少新体诗人视其为"掌门人"。《心学集》是他二十多年来的诗歌结集。二十多年来，他从天涯海角到京城，从祖国大地到世界各地，以诗为证，描述所见所闻，记录生活印迹，抒发内心情感，留下思考感悟。他遵循的诗歌原则是：诗歌是一种心学，诗歌更是一种情学，诗歌应该为世界提供意义；在勤奋开拓和孜孜劳作中，在人与诗的互证中，可以诗意地栖居在世界之上。

张执浩是一位新锐诗人，现为湖北省作协副主席、武汉市文联文学院院长，曾获第七届鲁迅文学奖。《每一次告别都是阳关三叠》收录他21世纪以来创作的自己比较喜欢的作品，侧重于呈现日常生活中的情感面貌，在对亲情、友情、爱情的书写中，呈现出诗人成熟浑厚的语言技艺，展现出轻言细语、委婉随性的美学质地，并由此形成了诗人"目击成诗，脱口而出"的诗歌风格。

李强是一位公务员出身的诗人，据说其爱诗成癖，真的到了看淡名利的境界。其诗集《武汉来了》分为上下两辑。上辑写"第一家乡"红色苏区龙港，下辑写"第二家乡"英雄城市武汉，这几乎囊括了作者全部的人生。写龙港的纯粹一些，作者梦回童年、少年，看山水草木、人情世故，如一首美丽的乡村咏叹调。写武汉的丰富一些，诗人从17岁开始读书工作于此，任职于省、市、区三级党政机关，以及大专院校、国有企业，对武汉的感受是整体的，又是具体的，他的诗如一首英雄城市进行曲。

余仲廉是一位知名的慈善家，他创建的博昊基金会已资助贫困大学生两千多人。他也是一位颇有名气的文化人，在哲学、美学、书法和书法评论等方面均有相当深厚的造诣。他经历丰富、爱好广泛，写诗可能只是"余事"，却出版了十几本诗集。他的诗集《我的所有》收录了其近年来创作的部分新诗，题材与内容很丰富，风格也十分鲜明。他以哲学思考着眼于存在，以哲学思维投注于生活，将身处世界、社会的所见所闻和所感所思以及对人生、自然、历史与文化等问题的思考转化成诗。因此，他的诗歌有着独特的思想感悟、深刻的人生哲理，不仅内在的思想相当突出，而且外在的感性也得到了保存，诗与思比较好地融合在了一起。

邹惟山是华中师范大学文学院的教授，以文学地理学研究和十四行组诗写作见长，曾任《中国诗歌》副主编、《外国文学研究》副主编、《世界文学评论》主编。他至少属于教学、科研、创作三栖人才。他于诗新旧兼修，又力图在形式上有所创新。《桂岳集》是他开始无韵自由体创作之后的第一部诗集，收录了他最近三年的部分诗作，大致以编年体的方式呈现。这些作品主要表现了他在行旅中的所见所闻，但并不限于目之所及和耳之所闻，而是可以由此及彼、由表及里，抒发了他对世界大局与中国命运的思考，以及对于人生意义与自然存在的探索，具有一定的深度与广度，同时也富于诗情与画意。

段维在华中师范大学出版社做了30年编辑，任副总编、总编近20年，后来改做党务工作，现为中华诗词学会乡村诗词工作委员会主任、湖北省中华诗词学会会长。他的本科、硕士以及博士学的都是政治学，但不少人最初以为他是学中文的。其诗集《一生知己是文章》收录了其在2021年1月—2024年5月间创作的旧体诗词作品。他称自己的创作题材大致有三类，简称"三园"，即"故园""校园"和"政园"（时政诗）。他是一个有着明确目标追求的旧体诗人和诗学研究者，在守正创新方面取得了较好的平衡。他的时政诗一开始主要采用七律体裁，探讨意指的多重性和句式的多样性，后来这种风格也渗透到其他题材之中，被诗评界称为"不言体"（段维字不言）。而在词的创作方面，他又尽量保持词之要眇宜修的本性，尤其是小令还保留着花间词的气息,长调则呈现豪放与婉约兼具的特征。他的故园诗词,对父亲的书写别具一格,这是其他旧体诗人很少涉足的题材。他对校园诗词有着自己的定义,认为校园诗人所写的诗词并非一定就是校园诗词,而是只有写出了校园特色的诗词才是校园诗词。他写的学生宿舍搬家、学生晒被子、学生云上毕业论文答辩、校园防疫等题材,无不深入师生的个性生活之中。

姚泉名早年从事语文教学,现任中华诗词学会乡村诗词工作委员会副主任兼秘书长、湖北省荆门聂绀弩诗词研究基金会代理事长,可谓是专业的旧体诗人了。其诗集《掬米一捧手如蓝》收录了其在2010—2023年间创作的诗词作品400余首,在"雅正出奇,求正创新"的理念下,他以传统诗词抒写古今之事、感发天地之音。其笔下的人事景物,无不是其在游历过程中对历史的追索、对时空的叩问、对禅道的妙悟、对山水的感知、对民情的回放、对风俗的描绘、对朋友的酬唱、对世事的体会。他的作品创造性地融合古今元素,恰如其分地将当代思维与时代语言揉入古典诗词创作中,既展现了传统诗词的古雅之美,又呈现了当代格律诗词的活力。

胡均华曾经当过语文教师,当过公务员,也曾下海经商,经历丰富,现任湖北省中华诗词学会副会长兼秘书长。其诗集《云水禅音细细吟》收录了其在2015—2024年间创作的诗词作品400余首。他秉承"写真生活,发真性情"的创作理念,多取材于现实生活,从所闻、所历、所感的日常过往中生发诗意,既见家国情怀,亦具市井烟火气息。

其在艺术表达上追求情景相生、清新自然的风格，注重对中华诗词经典作品章法、技法的精研考究，并应用于指导当今诗词创作实践，倡导并践行传承与创新并行、读与写结合、入情入境的诗词创作方式。描绘诗意的生活，表达生活的诗意，是《云水禅音细细吟》所刻意追求和努力呈现的。

剑男在华中师范大学文学院当过刊物编辑和教师，是一位低调而勤奋的诗人，作品曾获丁玲文学奖、湖北文学奖。其诗集《万物都有一个安静的去处》收录了其在2015—2024年间创作的诗歌作品200余首。该诗集聚焦诗人故乡幕阜山的自然山水和风土人情，以及生存于其间的父老乡亲们艰辛而淳朴的乡村生活，集中展现了诗人渴望通过诗歌重建人与自然关系的写作理想。剑男的诗歌注重人对自然的深度介入，既有精神的高蹈，也有对生活现场的热情灌注。故乡的一草一木在诗人笔下回归自身，自然和人作为本体被再次发现，在对朴素生活的观察中渗透着深刻的思考。

易飞早年在报社做过记者，后来在杂志社做过总编，兼写长篇小说，近几年转为新体诗创作与评论。据他自己说"算是找到了感觉"。其诗集《傍晚下起了阵雨》是其2020年回归诗歌后的作品结集。其诗作题材丰富，风格不断变化，饱含热情、勤勉和朴诚的精神，引起诗坛关注。其诗艺渐至精妙，且日臻浑圆，不断有佳作出现。特别是其"亲人系列"作品，情感深沉，含义幽微，别开生面，余味厚重。他近年开启"易飞掰诗"评论系列，精读文本，从一个写手的角度直言自身感受,其庄敬、实诚、直接的论诗风格为人所称道。

  以上只是对 12 位诗人的作品进行一种浮光掠影式的浏览,旨在为读者勾勒出"桂岳诗派"的总体形象:每一位入选者都有自己的特色,集合在一起会爆发出巨大的能量。武汉大学有"珞珈诗派",10 年前就树起了旗帜,影响不小。后起的"桂岳诗派"能否向"珞珈诗派"看齐,或者形成"比学赶帮超"的态势,则取决于华中师范大学诗人群体的共同努力。当下我国诗坛的诗派不是太多,而是太少,为什么不可以在学校提出建立"桂子学派"的同时,也建立一个影响广泛的"桂岳诗派"呢?同时,也希望我们的每一所重要的大学,都能结合自己的优势和特色,在这方面做出一个或多个样板来。

2024 年 6 月 28 日

目　录

2020 年

甘蔗 / 003

平原上的河流 / 004

这些空白都是我的 / 005

2021 年

春茶 / 009

喝粥 / 009

谒襄阳米公祠 / 011

沙画 / 012

鱼鹰 / 013

卡 / 014

大别山之鹰 / 016

赛里木湖 / 017

剧终 / 018

熟悉的陌生人 / 020

平原之夜 / 021

在阳新太子镇毛竹林 / 022

三月之荷 / 023

鲳鱼 / 024

亲爱的易飞 / 025

腊肉 / 027

添一把柴火 / 028

第四个人 / 029

最后一盏路灯 / 030

空教室 / 031

致陌生人 / 032

铭牌 / 033

告别辞 / 035

距离 / 036

道场 / 038

母亲的书宅 / 039

比画 / 041

短裤的故事 / 042

回乡偶住 / 044

橘颂 / 045

喊魂 / 046

复原 / 047

2022 年

立冬 / 051

内伤 / 052

照常 / 053

折叠伞 / 054

空号 / 055

二哥 / 057

黑白照片 / 059

游荡 / 060

附体 / 061

大雨中 / 062

余温散尽 / 063

雨滴的声音 / 064

葫芦 / 065

鸟鸣 / 066

声调 / 068

早安 / 069

缠绕一生的树木 / 070

在新洲问津书院 / 071

青衣和老旦 / 073

理毛线 / 074

幸存者 / 075

妈没事 / 076

疤 / 077

着袜 / 078

软硬度 / 079

钟摆 / 080

红与白 / 082

抵抗 / 084

与诸君饮 / 085

剩蝉 / 087

遥远的大舅小舅 / 088

我们 / 089

晨光 / 091

兄弟 / 092

疲惫的夜色 / 093

白掌 / 094

一个人的客厅 / 096

瓶塞 / 097

囫囵 / 099

我爱你长江 / 100

江汉平原　两首 / 101
　　其一 / 101
　　其二，回声 / 102

原名 / 103

幌子——致著名书法家范福珍 / 104

按摩师 / 105

树叶落下——致培铁兄 / 106

2023 年

虚拟祖父 / 111

北山乌桕 / 112

通知书 / 113

洪湖之莲与一场诗歌约会 / 115

虚拟生日 / 116

旧刀 / 118

隔壁打鼾的人 / 119

鼓掌——致监利女子读书会 / 120

一碗豆丝 / 122

屏保 / 123

门环 / 124

讣告 / 126

抹布 / 127

十五年后遇梁文涛 / 128

此山中 / 129

寻猫启事 / 130

指认 三首 / 131

  其一 / 131

  其二 风吹秋荷 / 133

  其三 夜宿洪湖 / 134

一只螃蟹不见了 / 135

漳河寻桃花水母不遇 / 136

遗爱湖谒东坡先生 / 137

陷入渤海　六首 / 139

  浪花摘下眼镜 / 139

  游戏 / 140

  看见 / 141

  海水已至半腰 / 141

  两米长的黄瓜 / 143

  南瓜颂 / 143

隐水洞遇蝙蝠 / 145

遗漏的毛线 / 146

汉川辞　九首选七 / 147

  杨林乌壶 / 147

  命名 / 148

  刁汊湖上的帽子 / 149

  东西汊湖 / 150

  马口窑与天屿湖 / 151

  我想吃秋葵 / 152

  棉梗 / 153

万物均可凝滞——外公手记　二十首 / 154

  幸福 / 154

  淼哥 / 156

  抓周记 / 156

  挖土 / 157

  发声 / 158

  酣睡 / 159

  左与右 / 160

  瞬间 / 161

  嘘 / 162

  一袭薄衣 / 163

  游戏 / 164

  闻了一下自己 / 165

  焦点 / 166

  学游泳 / 166

  绑 / 167

  与外孙书 / 168

  幸福的时光 / 169

  数据 / 171

  雷公啊 / 171

  荡漾 / 172

乐山大佛　三首 / 173

  乐山大佛的右手 / 173

  在大佛脚上休息 / 174

  修脚师 / 175

观鄂州观音阁 / 176

大堤 / 177

河口志　三首 / 179

  凉山果园 / 179

  河口镇 / 180

晚风——致汪岚 / 181
晚霞 / 182
影子 / 183

2024 年

阳台晒诗 / 187
夏天 / 188
安山苦柚 / 190
罗汉松 / 191
雪中夜归 / 192
冬之栾树 / 193
在田野上遇到一个人 / 195
晚宿浏阳河 / 196
打水漂的左撇子 / 197
没意思 / 198
河 / 200
鸫 / 201
雨中一夜 / 202
剥离 / 204
沉湖芦苇论 / 206
迟疑 / 207
寻亲记　七首 / 208
　　易雄 / 208
　　忠愍侯牌坊 / 209

  鞠四躬 / 210
  两百万人与我同姓 / 210
  打卡 / 211
  小易 / 212
  名人 / 212
单人床 / 213
晚十点半接刘年入园 / 214
王与猫 / 216
鬼 / 217

2020 年

甘　蔗

苦瓜结在苦瓜藤上
甜瓜结在甜瓜藤上
它们各有各的味道
但不是非苦即甜
比方吃一根甘蔗
从底部开始
起初是甜的
可吃着吃着
往往在中间某个阶段
悄悄变了味道
甜味越来越少
吃到末段
甘蔗越来越细
味道越来越淡
捏着的部分所剩无几
留下的最后几片蔗叶
在不知不觉中
已失去况味——
故乡已成为某种转基因作物
无法命名

难以下咽

2020-7-3

平原上的河流

我和那些沉静的河流一起生活过许多年头
它们有的叫江，有的叫河，有的叫沟
这些纵横的河流汇集成了江汉平原
从少年到壮年再到中年
我一直沿着这些河流在奔走
浩渺的河水让我看不到
高山的雄伟，更无法眺望
云朵之上鹰的飞翔
但我看得清河里的水草
和田埂上爬行的老鼠
它们教给我静水是深流的
只关心向下的事物
虽然一条鱼也有鹰的梦想
但只能沿着堤岸拍打翅膀
很多时候我自卑
以为平原就是我的地平线
再也不能托举我

极目广袤的苍穹
后来我才知道
天上也有一条河
明月从来照沟渠
我自此深信
平原上的河流也会变成星星
每一条支流都可以云蒸霞蔚
那些翻滚的稻田和袅袅的炊烟
就是人间最古老的
星河

2020-9-5

这些空白都是我的

封城后我每天照常出门
从报社到作协,从黄鹂路到翠柳街
不走远,三公里以内
口罩、帽子、护目镜、高领
伪装得六亲不认
我就这样一个人走来走去
看这个世界空旷的样子
每半小时东湖路上有一辆车过去

它轰鸣的声音比平常刺耳得多
我每天计步,数着心跳
毫无目的地瞎逛
到平时我不去的任何角落
发呆,大喊大叫,骂人
或痛恨自己的过去,但没有听众
对面的鸟语林也没有鸟叫
报社前面有几排整齐的樱花树
我天天会在那里站一会儿,等它慢慢泛绿
这个时候极有耐心
虽然没有春天可以期许
只要用心,总可以听见一些细小的绽放

我就喜欢这样一个人走来走去
看这个世界空旷的样子
朋友们都宅起来了
这些空白都是我的
我想塞进去什么就是什么
所有的繁茂都没有了
嘴脸也没有了
马路为汽车腾空了
天空为鸟儿腾空了
我为你腾空了

2020-11-11

2021 年

春　茶

两位蜘蛛人
挂在空中洗玻璃
楼上有人开窗,把杯中昨天
没喝完的茶水往外倒
其中一位蜘蛛人被淋湿
咂了咂嘴,对另一位蜘蛛人说——
是我们山里刚出锅的春茶

2021-1-6

喝　粥

奶奶喜欢喝粥
喜欢轻轻地吹起一圈一圈的涟漪
然后一点一点地啜
她还喜欢数碗里的米粒

我们家的粥清汤寡水
米粒像星星沉在碗底
只有几片白菜叶子浮在上面
奶奶喝粥的时候动作优雅
不发出一点声音
而我总是咕咕嘟嘟
像屋后的池塘冒泡
母亲看我喝完,总是一言不发地走到锅边
用铲子在锅里刮

奶奶走后的一大清晨
我陪母亲到某寺听《地藏经》
方知喝粥可除饥、除渴、消食、调便、除风患
参禅者调此五事用功证悟
僧门煮粥极为讲究——用口吹
泛起波浪方为上品
我觉得奶奶是神明,再捧粥饭
如进圣餐

多年以后,母亲也走了
我独自上山
见一群僧人盛装捧钵,神情庄肃
"喝粥去!"
我听见群山和鸣,群树落满禅叶
阳光从山顶朗照

便想起奶奶有仪式感的动作
和母亲铲子与锅摩擦的声音

2021-1-9

谒襄阳米公祠

长廊照壁上是字
中间展馆里是石头
你就这两大爱好——玩石、写字
玩石是为了写字——以石为点,以点代线
把那些石头捂热后,你就完成结字
小者如粒,大者如斗
细者如磋,粗者如垛
你大笔如椽
那些石头一个个跑动起来
有的轻盈,有的憨拙
有的昂头,有的俯首
你一生都在寻找石头和文字的关系
以石头之分量决定运笔之力度
以石头之形状勾勒五官之轮廓
以左手的谙熟,决定右手的掌控

再观,壁上的字已不是字
而是形形色色的石头
鹅卵石、太湖石、绿松石、桃花石
是小桥流水也是大江东去
可见明月亦有佳人
醉卧中,你八面出锋
一点,有石訇然而下
一竖,巨橼兀立中堂
瞬间飞沙走石,群山和鸣
于是再观,便见群石涌动墨涛翻滚
石已不是石
壁上的字已成一个个人,说笑着
迎面而来,你则
在石丛中癫笑

2021-1-16

沙 画

一把平常的沙子,何以
在手的控制下
生出锦绣?河山旖旎

流沙被风吹走
多年前我就认为是无用之物
手掌虚空,沙子是有意漏下的
景色也是有意造就的
啊,有意造就的总是这么好
美景、美人、美物
可以掌控的都是如意的
明媚的生活不让隐匿者走上前台
有人以左手,有人以右手
那些无法展示的庸常
都被藏进袖套里
经过手的过滤改变方向
但也无法把这样鲜亮的生活
带到人间
那些手掌里没抓住的无意漏下的
才是我们的

2021-1-26

鱼 鹰

先天的设定——

有脚蹼，会潜水，喙尖
适合抓鱼，于是
他们在我的脖子设限——
大鱼不让我咽下去
小鱼是给我的酬劳
我的翅膀长年没在水里
再也不能飞翔

当我被驱使，一次次投入水中
一次次咬住鲜活的鱼
我很快被他们从水中抓取
然后，我的喉咙被卡住——
不得不吐出

岸上有很多观众
有人摸了摸自己的喉结

2021-1-26

卡

它受命成为凭证

界定你在人世的地位、角色
一枚小小的芯片
把你阻隔在参与者之外
隔岸观火
高尔夫网球俱乐部
卡住了穷人的想象力
没有门槛的购物卡
消弭彼此界限
各种卖场粉墨亮相
为富者带来名品盛器
为穷人带来萝卜白菜
我们在高楼前望而却步
门岗森严
卡住了路径
有多少种生活就配备多少张卡
还有一些人热衷
在路上设卡
我们的一生卡在卡里

2021-2-3

大别山之鹰

一只鹰醒目地
在大别山南麓蕲春飞翔
它在几个山头飞来飞去
一会儿盘旋而上
一会儿俯冲而下

当地知情者说
这是它通过多年
反复搏斗获得的领地
它日出而现
日落而隐

我久久地凝望它
想拉近和它的距离
甚至想看清它的长相和表情——
一位饱经沧桑的搏斗者的面容
但高远的天空只有一个遥远的黑点
像披着黑色铠甲的
云中侠客

几山之间当有几千米之遥
它始终没有停留
不停地飞行
看护每个山头的
石头与溪流
树木与花草

我们本来在争论
它是雁还是鹰
直到我们确认
它没有一个伙伴
它孤独地飞翔

2021-2-8

赛里木湖

采风大巴刚停
一位同行者跑到湖边
脱掉鞋袜清洗泥灰
把双脚泡在湖里

湛蓝的湖水
先被搅浑
后成黑灰色
向周围洇开
像一团墨汁泼洒在
蓝色的宣纸上

他变得干净了,很干净了
赛里木湖无边的蓝
为他承受
不洁

如果他还有脚气
他应该忏悔

2021-2-9

剧　　终

酒后回宾馆
一部电视剧正在展开

睡意袭来。画面遥远

风声雨声渐小

山川河流渐隐

对话却不时入耳

男主人公似在表达

开始清晰,渐至呢喃

我鼓足勇气来到五号教学楼后

月亮出于东山

她娉婷而来

把信还给了我

每个字在月光下都那么惨白

"谢谢你"

背影比声音消失得更快

我伸手去抓

月色散落一地

有人吟咏

"你与我的故事只在梦里"

男主人公说完

酒醒

梦断

剧终

2021-2-27

熟悉的陌生人

他们话语热烈
比火锅度数高
酒杯在频频起立
我俩泡在青翠的茶叶里
为形同陌路相互致意
两个寡淡之人艰难地
完成了寡淡的饭局
像不解风情的石头之于流水
连分别也没有
不知姓甚名谁,更无联系方式
几年之后我们又在
一个饭局上相遇
依然在举起的酒林中枯坐
某个间隙,我们感觉彼此
目光散淡地打亮。但双方
因于表达的疲惫和可有可无
我们之间悄然达成了共识——
不需要认识,至少现在不需要
一去经年

我偶尔想起这位熟悉的陌生人

2021-3-2

平原之夜

炊烟爬上树梢
斑鸠和乌鸦难分彼此
夜色渐浓，茅屋里
如豆的灯光筛给田畴
仿佛萤火虫在黑黝黝的
树丛中闪烁。清冷的狗吠
在被树垛割断的村子间
此起彼伏
田埂上的小道渐渐发白
总有踌躇的汉子荷锹
从地里起身，摇摇晃晃
泼剌剌惊起一片池塘水花
他模糊的身影从后门踅进来
看到媳妇在厨房的背影
天井里的方桌上
一碟花生米，少许咸菜

汉子咂咂酒杯,犹豫了一下
一饮而尽

2021-3-9

在阳新太子镇毛竹林

有太子曾在此占山
风吹三万毛竹
这林中的哗哗响声,恰是
人间失据。风
在每一个竹节之上变调
让高昂的竹颠在摇摆中
躬身大地
太子已远,浑不知哪朝哪代
脂粉气与富贵气
早被婆娑竹影摇落
透过密密匝匝的缝隙
依然可以看到远古的苍穹
我们静听旋地而起的风
一次一次穿过

林中有茶室。圣虎、吴蒙、华平
一众诗友,向北驱车六十公里
只为此饮。从山顶
回望——浩瀚竹海中
偶见绿瓦红墙。我们的
宴饮之声
早已没入竹丛
成为泡影

2021-3-15

三 月 之 荷

一部分是不肯拧断的
不具形状的枯黄叶片
它们略高出水面
耳朵耷拉着,含愧垂首
一部分泡在水里
肥大、厚重,随水晃动
叶片内卷,在水下
无力地握着空拳
用手扒拉,它们像湿棉布

把清凉的滑腻粘在你手上
再无背负孤单的荷花秆
半截身子抬出水面
风依然灌入产生哗哗响声
趴在龙灵湖上的猪耳朵草已
支起绿色的小帐篷
石墩下的梭子鱼奔突试水
岸边被兴奋憋大屁股的水杉
殷勤地孵化着一湖流波
惹人的浅绿已在
长长的手臂上列队
春天毫无顾忌
风在梳理残荷的晚年

2021-3-16

鲳 鱼

许多日子过去了
它们像一条条小鱼
在我的后背啜我
那些愈合或者没有

完全愈合的伤口
连隐痛都不放过
这一群群小鲳鱼
是从老家的小河沟游来的
它们跟着我走南闯北
把我的少年、青年、壮年
鼓捣成了断流之河、渡口和堰塞湖
如今只有不多的晚年
供它们喷喋、"吐槽"
当此生成为余生
一张老脸已不适合
在大江大河里冲浪

2021-3-18

亲爱的易飞

亲爱的易飞，我们又在
拐角处狭路相逢，毫不相让
无事生事已成癖好
只因我们一直形似
其实彼此并不了解

但无端对抗如影随形
我们在美女前有一些共情
偶尔在真理前达成共识

亲爱的易飞,一过中年
我们彼此相怜,渐渐和解
时空收走了我们的锐气和心力
我们再也藏不住捂了
多年的隐疾
像冬天裹不住的老寒腿
抚摸即将长出的老年斑

亲爱的易飞,我和你
较劲了大辈子,打了个平手
现在篝火渐渐黯淡
我们在来路争吵了大半辈子
现在想辨明去路

我之前不恨你
我之后也难说爱你
我之后热衷于和你一起回忆
我们还可以一起
回到童年、故乡、田埂

亲爱的易飞,我一生庆幸

遇到了你,如此有趣
彼此折腾
不会寂寞

2021-3-19

腊　　肉

被烟熏火燎之后
瘦硬如铁
毛发俱尽
一排排立于檩上
虬曲如弓
像列队的士兵
随时准备赴难
有许多猪崽
天天从下面经过
好奇地打量它们

2021-3-21

添一把柴火

亲戚们在客厅里说些安慰的话
邻居们照例打麻将等着吃饭
母亲的脸上并无伤悲
她从洗脸架上扯下腰布
进了厨房

灶里升起了柴火,天亮之前
母亲已炖好一锅牛肉
火焰有几次似要熄灭
她拿着吹火筒靠近去吹
恨不得把自己伸进灶膛
沾着露水的棉梗生出浓烟,呛得她流泪
她知道老头子还在作怪
在忽明忽暗的火光中
看见了那一张讨厌的脸
她还是恨他

客厅里开始喧哗起来
每张桌子上都端上了香喷喷的牛肉

母亲犹豫了一会儿盛了一碗
放在了灶台边
又去添了一把柴火

2021-4-2

第四个人

一个人先走了
麻将桌上只剩下三位
第四个人一直无法确定
有时是张，有时是李
有时是男性，有时是女性
但他们都觉得别扭
某种不适感如影随形
他们开始寻找第四个人
有时甲找到一个
乙、丙不认可
乙、丙找到的也是如此
渐渐地，他们认可了这一事实——
第四个人已经走了
走了就是不存在了

索性三人干了起来
但那个位置并没有空着
一样给他上牌,发筹码
只是与他结算的时候
用冥币

2021-4-3

最后一盏路灯

光秃秃的树枝伸向空中
褐色的卵形阔叶
将一棵梧桐遗落于此
风雪夜,从枝间把浑黄的光
一次次筛选
分给路人

往前走,是城里
往回走,是乡下
在黑暗降临之前亮起
在光芒到来之前消隐
几片叶子的温床,像

打瞌睡，忽明忽暗中
回家人加快脚步
出家人正在路上

被洗净的灰色叶片
与幽暗的苍穹
挟裹着微光和
空茫的原野
如此孤独，又浑然一体

2021-5-4

空　教　室

最后一个老师退休后
一把锁尘封了一切

板凳上坐过很多学生
有很多年代的体温

像被忘却的一潭小溪
在大山腰部悄然断流

三两棵云杉孤独环绕

值日生擦掉了黑板上
最后一行粉笔字
桌子后面的学生再也不能
"起立,老师好"——
只有蛛网和灰尘的应答

只在太阳升起和落下时
起早的和赶夜路的山里人
才在晨曦中听到朗读声
在月光中看到
幢幢翻书的身影

2021-5-11

致陌生人

我们走在同一条路上
吹着一样的风
我们在同一个地方留下脚印
我们在同一片乌云下躲雨

在同一条河流里迎接春天
我们在同一个泡沫里
爱过或恨过
但我们仰望的
并不是同一片蓝天
我们在意的
也许正是彼此放弃的
亲爱的陌生人
偶尔觌面
只相视一笑
为彼此不认识感到庆幸
为没有成为朋友感到欣慰
为没有成为亲人
避免了疲惫的拉扯感到满足
亲爱的陌生人
为遥远的距离和亲切的背影祝福

2021-5-19

铭　　牌

严基树喜欢收集各种铭牌

他最喜欢的是
在裤腰带的钥匙扣上
串上五颜六色的小铭牌
在叮当作响中
他有声有色地走过了七十年
他把几箩筐铭牌
挑进了鄂州民俗馆
设计别致、精心镂刻的
都标注出其曾经的主人
铭牌越破旧
故事越高古
那些深宅大院的主人
曾经多么显赫
而一处低矮的草屋
是不需要铭记的
当尘世之门一封
最大的归属也成过往
"所有的——都只是一节铭牌"
严基树把自己的铭牌也
串在裤腰带上
每走一步都有和鸣
像很多人陪着他

2021-5-22

告 别 辞

我就不去了
我早已不习惯这样的告别
每一次把悲痛带回来
就要过一段阴霾的日子
我就不去了
我不愿看到这样的场面——
萎缩、渺小、死气沉沉
我只愿看见你大口喝酒大声吹牛
我喜欢你曾经好几年
为追一个女孩子
在两个城市间倒来倒去
那时你活得多么有激情啊
我就不去了
我无力把兄弟推进去
也不愿看见
你刚刚出炉
还冒着青烟
生命不在了
尚有人间余温

这不能成为你活过的凭证
只是最后一件遗物
你们这样的兄弟
没有一个交代后事
我想恨你们
现在连恨也没有了
我就不去了
你们依然完好无损
我们可以在梦中叩问
我只愿意相信有
只愿意看见你们欢声笑语的样子
我还要努力学习《安魂曲》
在黄昏的林荫大道
和你们一起细数落叶
看金黄的夕阳
普照在大地上

2021-6-3

距　　离

道路弯曲，小木板划过地面

发出摩擦的声音
有一群人结队而来,听说已
跋涉千山万水

过膝羊皮,过腰褡裢
跪垫里,住着永远的家
磕下等身长头,泥土多么芬芳
胸膛里滚动的是
前世的热爱和梵音
匍匐中,丈量的是心和佛的距离

鹰在高飞
衔着人类的躯体和魂灵
红柳和格桑花唱着葬歌
雅鲁藏布江波涛翻卷
无常、无我、无家
大昭寺
总有一天到达

2021-6-9

道　　场

夕光收拢之际
厨房里传出棉梗折断的声音
炊烟徐徐从后屋的
茅草中飘出
余晖笼罩瓦墙，浑黄圆润
鸟翅拍打着，嗖的一声飞向
越来越暗的远空

厨房里的声音嘈杂起来——
舀水、洗锅、生火
锅沿被反复敲打
再细小的菜屑也不会遗漏
每到冬天，屋后园子里只剩下
冰冷的菜帮。断炊之虞
如影随形，米缸里的
生活也时常见底
锅铲上已很久闻不到荤腥
红烧肉皮已是奢侈
最清苦的日子不过是

一大碗汤中浮着几片青菜

但母亲只要走进厨房
生活便不至于绝望
只要能揭开锅盖
锅里便不至于空空如也
这是她的道场——
锅里有她撒下的魔豆

我喜欢聆听这样的声音
一把榉木锅铲在
夜色降临时与铁锅相碰
一家人幸福地等待
等母亲轻敲每个人的
小碗,欸乃一声厨房门开

2021-6-19

母亲的书宅

我把长居乡下的母亲
请进了陌生的书房

打开书柜,母亲扑面而来
阳光倾泻,温暖、明亮

那一年,小妹带着母亲
从信封里走到武汉
我小心翼翼将她细碎的
凸凹不平的骨骸
一粒粒倒进笔筒里
陋室无它,唯有
一隅书房清静

母亲时常被平常的日子
淡忘,但踏实地存在
没有母亲的日子变得
隐隐不安。每遇急难
我总立于柜前长揖——
默念的都是眼下的苦痛

母亲并不寂寞
我喜欢的书簇拥着她
母亲并不寒凉
我写过的各种笔
像柴棍堆在她身旁
我写的书挨她最近
"我家老四是个书呆子"

母亲深知这些书比田里的
庄稼更管用

风雨如晦的时日
我总依偎在书房里

2021-7-17

比　画

她比画，去买一袋盐
他买回来一袋味精

他们不会哑语
生活却因错漏百出而
妙趣横生

她让他买个脸盆
他买回来一个蛋糕
但她激动地笑了
因为他比画出
为她过生日的样子

他们的生活比画成什么样子
就过成什么样子
可方可圆,可宽可窄
方时磕磕碰碰
圆时顺顺当当
宽时,过一条江的日子
窄时,过一座桥的日子
生活的苦与痛全被他们比画进去了
改变为快乐的方向

他们只在万不得已的时候
借助纸笔
他们不需要那么多的默契
也不需要正确

2021-7-18

短裤的故事

夏天的某个午后
我和小伙伴在河里游泳

用小石头把短裤压着
上岸后遍寻无着
挨到天黑躲进房里
父亲给了我一个大嘴巴子
揪着我来到河边
他扑通一声跳到水里
月亮又大又亮
父亲一会儿沉一会儿浮
他气愤地用力扒拉河水
又到附近河堤搜寻
月色转暗
他怒气冲冲地过来
一把提起我掼到河里
嘴里一通咒骂走了
十年后我来武汉上大学
父亲说你不要记恨
你那时一共才两条短裤
那天晚上你母亲一直跟着
我也没有走远

2021-7-22

回乡偶住

窗外枫杨上始终
挂着几颗不愿下沉的星星

被门前荷塘里的水草缠绕
秋虫唧唧,偶尔狗吠

除了大自然的
声响,寂无人声
没入广袤的黑暗中

我睁着眼
为这巨大的安静不安

屋后的庄稼地有
一片片黑黢黢的剪影
成排成垛的芝麻秆之后
是兀立的棉梗

我一直站在那里

听晚风吹动它们
发出各种声响

2021-7-23

橘　　颂

乐平里有座小山
小山上有座庙
庙里住着屈原

三十年前，一位姓徐的老人
别妻离子，把余生搬到山上
筑坛、刻碑、焚香、抄诗

他遍植橘树，每每临风
高吟《橘颂》

我见过他的晚年
有人说他长得越来越像屈原
他在他一行一行的诗文中
拼接出他的形象

说话、走路、语气、手势

我见过很多这样的屈原
他们在舞台中"吾将上下而求索"
只有他惟妙惟肖
做成了一个古人——
三闾大夫

2021-7-27

喊　　魂

小时候得了怪病
说是丢了魂
母亲深夜在房前屋后
一遍一遍喊我的小名

十里八乡有回音
我失散的魂一点一点
被母亲喊回了家

母亲生怕我的魂又被勾走

把门闩得牢牢的
还用木棍抵上

木门早换成了铁门
木棍当柴火烧了
母亲挂在中堂

每每对着漆黑的夜晚
我张开嘴,却
发不出声

2021-7-27

复　原

小时候落水
救我的小哥
是隔壁邻居
地主家的儿子

那时,我们不与他为伍
他总是孤独地扛着竹筐

在堤上拾牛粪
少年时我纠结
他救我究竟是
出于什么目的

其间回乡也偶然碰到
相视一笑终究语塞
直到他离世

我早该给他说谢谢
是他伸过来的手
把我拉回了人世

要淹死我的那条河
现在只到膝盖
世事齐腰
我仍然在挣扎

2021-9-19

2022 年

立 冬

梧桐斑驳
山河静穆
秋风中握紧的手
松开。江山易容
万物龟缩
风大了几级
雨凝成了雪
许多年代过去了
四季的鳞片有序更迭
采莲人用枯荷取暖
老人们被冬天带走
在忘川回忆
流年盛景
脱落的马鞍隐去蹄声
许多誓言变成遗言
在人世的某个角落
你我无需道别
各自安好
春天的手掌依然

抚摸年轻的河流

2022-2-3

内　伤

天不知道什么时候暗的
我们无助地等在外面
像每次受伤后等待母亲
扒开灶膛里的柴灰止血
只是这一次等待的是
母亲的骨灰
柴堆仍然在屋后
灶膛里的火熄了
我们的伤
也变成了内伤

2022-2-5

照　　常

此后,请你长住此间
我们依然沉默
生活再也不值得言说
昨天和明天照常
子夜误触,跳出你的页面
看到你那天给我的留言——
好久不见改天一聚
次日却成了遗言
两年前的改天
天再也改不了了
我们一直泥沙俱下地生活
应该有时间和理由相聚
有一点小的误会硌着
我们都觉得没有
见面的必要
我们只是在微信里绕不开时
偶尔打个招呼
像两棵树没有表情
保持距离各自摇曳

我们都为小小的矜持和
男人之间的沉默付出了代价
在我最忽视你的时候
我的内疚轻如鸿毛
我的朋友皆如寒夜灯火
我要你不明不灭，照着我

2022-2-9

折叠伞

二哥年轻时在工地上洗石
不停地站起又蹲下
他的腰像折叠伞
频繁地撑开和收起
每一次挺直和弯曲
都那么艰难——腰椎间盘突出
不得已在坐骨神经上动了
一刀，流了很多血
二哥以为自己死了
却神奇地告别了高血压
黏稠的血液打开了通道——

像割断了脐带和遗传

很多年过去了
兄弟姐妹的血压都先后升高了
忙着找专家开方吃药
我们一直在努力改掉恶习
戒烟戒酒低糖减重
只有二哥百无禁忌
他的折叠伞收放自如

二哥每天小酌,偶尔感怀——
你们不知道
屁股上那一刀有多疼

2022-2-9

空 号

姐的电话一直留在我手机上
每次翻手机看到就发呆
我听见姐说小弟我不在人世
别看到号码就以为看到了姐

姐就是要走得干干净净
姐不用占着一个号码,像占着一间房子
你该把在世的亲人
装进去才对

冬日清晨,有人叫姐去买菜
姐不小心摔倒在公共厕所
有人发现的时候
她的血压爆表了
任不祥的便臭栽赃

从我记事起,姐夫就带着姐
在十里八乡做裁缝
长姐当娘,姐只一心
帮母亲带大六个弟妹

那些艰难的日子
都是她一针一线缝起来的
父亲牙疼时无端发火
微弱的油灯在深夜打战
姐就成了母亲的闺蜜

后来,姐搬到了十里之外
长江边的白螺矶
再后来,姐的腿脚不得力

她每来一次,我们家就像过年

虽然只是个空号
就当是姐的牌位吧
手机有上千个号码
但没有几个亲人可以存放

      2022-2-27

二　哥

有近十年,我几乎遗忘了
人世的他
一张绷紧的弓
不得已放下

早年到某洗石厂工作
貌似工人。辍学
几年后被裁,补习他没有种过的田

被两个儿子围攻,榨干
分无可分的家产——

几间破屋、旧柜、檩条
很早过起了寄居生活

有近二十年,我是他的下游
默默承接风浪、流沙、浮物

在无尽无休的撕扯中
他靠近了七十岁的关口

二哥,因为我们性情相似
有着更多的缘分
原谅一个同样温和的人
时常对你发火。但我不能原谅
一味迁就的家庭教育
也许,用"教育"有些奢侈

对两个已年近四十的孩子
我们交付了大半生
你已经体无完肤
我只是不能袖手旁观

这样的纠缠令人厌倦
最好下辈子不要成为兄弟
最好在晚年相识

有一面之缘即可
二哥

2022-3-1

黑白照片

每年年关取下来擦拭
作揖、上香、祭拜
正方形，毛边卷起
父母的面容、眼神
一天比一天暗淡

再也没有往日的底片可以
反复冲洗，残损之处
再也不能上光补缺
似乎也无必要——就让他们
从照片上渐行渐远

这唯一的脐带终将断开
隔世的亲人将永远隔世
彻底的死亡不可避免

我们也在老去
与刚失亲时的痛苦相比
已快淡忘了至亲
如相框中照片的暗淡
无可挽回

2022-3-3

游　　荡

父亲隐匿于荒草中，渺小而羞涩
兄弟们没有提议重新加高
被时日削平的坟茔
无需再添新泥

父亲一直躲在我们身后
抹灭自己。让他沉睡的
那方泥土渐至于无
野草扭结也拉不住
有时觉得父亲已经
飘移到了别处

用手拨开荆棘,探到微微隆起之处
以为找到了父亲三十年前
睡下去的大致方位
再也无法分辨一堆土
也许,纸钱烧给了
其他的亡灵——这没有什么
相邻不是血亲也是故人
平原上到处都是父亲

泥土已无凸起,时光早已
抚平所有隆起之物
一个好动的父亲
还是那么辛苦,到处游荡

2022-3-7

附　　体

一棵树只能为自己生长
有人说亲人的寿命会
在活着的亲人身上延伸
像枯死的树嫁接到

另一棵树上可以存活
他们推断我可能长寿
因为性格温和且耐受性强
虽不足以证明，但我依然
不愿做那棵集大成者的树
这样的附体让我惊惧
我承受不了这么多亲人的重托
多年后我帮他们活着
看上去枝繁叶茂，但
他们已不能给我明示
他们想要的天空、雨水、悲欣
他们的姿态和伸展的方向
如果活成他们不愿看到的
却无法看到他们的伤心
替他们厌世
则更是罪过

2022-3-11

大 雨 中

父亲出门不久

突然下起了大雨
母亲赶紧打开后门
抓起两顶斗笠
一顶扣在我头上
一顶指向昏暗的田野
我跌跌撞撞地跑向雨中
凭我怎么叫唤他都不应——
他正急匆匆地往瓜棚里跑
我喊出父亲的名字
他突然怔住了
像天上滚下一个炸雷
我也怔住了
瓢泼大雨水很快
淋湿了我们

2022-3-18

余温散尽

那一年的冬天很暖和
雪总是下不下来
我赶到家里的时候

天黑得像锅底,可后半夜
起了风,悄悄飘起了雪花
这是给父亲的献礼
洁白的雪花
在熏黑的煤油灯旁飞舞
忽明忽暗
我捏着父亲的手,余温散尽
一片片雪花落在父亲的脸上
再也不能融化

2022-3-25

雨滴的声音

后半夜,风突然撕扯屋顶
雨滴在地上嘭嘭有声
滴在被子上悄然无声
用盆子接水咣啷作响
用碗接水,一半都掉在碗外
雨水滴落在不同的东西上
发出不同的声音
形成一曲乡下瓦房所能

奉献的夜半合奏

贫穷的日子，每一个夜晚

都有泡汤之虞

我们靠平原上的棉花取暖

每一床被子都扎得密实沉厚

但脆弱的穹顶经不住日晒雨淋

寒凉悄悄逼近

裹在身上的百衲被越来越重

每一次湿漉漉的

翻身都那么艰难

外面的雨还在下

撕裂的瓦楞露出的

裂缝越来越大

现在想去弥补已来不及

2022-4-1

葫　芦

把葫芦摁在水里

咕嘟咕嘟冒泡

它斜着身子翻身又浮上来

你拨弄一下
它灵活地转向
硕大的屁股轻盈划水
你采摘的时候
它们由绿色变成了黄色
在篱笆上缓缓移动
你身上挂满了葫芦
秋天的太阳在胸前跳荡
小蛮腰贴着小蛮腰
葫芦碰撞着葫芦
在夕阳中扭动
你簌簌离开后天就暗了
我蹲在葫芦架下
用露水擦拭眼镜
傍晚有人吹起了葫芦丝

2022-4-18

鸟 鸣

傍晚听到鸟鸣
越来越近,越来越清晰

我回到树林里天色已晚
多年前就是这样

这也是一个普通的年
回家的人也是孤儿
灰喜鹊和斑鸠在屋后院子里
在枫杨顶上鸣叫,唱古老的四季歌
故乡的黄昏偶尔也会放出温暖的金光
只有这几只守岁的鸟儿
举着长喙,在锯冬天最后几片叶子
时有一阵密集的鸣声,如细雨点射
像某种急迫的暗示
它也知道屋内空空荡荡
我的春天一直很迟

如今屋里空了
叮嘱的人挂在中堂
语言丢失经年
轮到你聒噪,却找不到听众
香烛台上也没有反应
但屋后的竹林传来哗哗响声
风过处,我听到了久违的歌声

2022-4-26

声　调

我喜欢在黄昏的时候
看父亲从茅屋后的小树林里
露出疲惫的身影
可他每次看见我
都会大声呵斥
某天午后父亲突然
温和地叫我小名
问我在武汉上学吃得饱不
我没想到父亲会用
那样的口吻和我说话
田野上暮色四合
那时候我一直讨厌
父亲大声说话
像天空滚过炸雷
三十多年后我才明白
声调的改变
意味着所有坚硬的
东西变质之前

会先变软

2022-5-5

早　安

我已经深知
河水无论如何奔腾
都会回到故道

我一直在按宿命奔赴
结婚早
做父亲早
当外公早

我一生都赶早
赶车赶飞机
一定早到
做任何事
都打提前量
此生未完便想来生之事

火中涅槃
我也会提前入场

做一只早起的鸟儿多好
率先发声

每天早晨醒来
我欣慰地对自己说
早安

2022-5-19

缠绕一生的树木

江汉平原最多的是树
它们一排排随河流漂走
祖父母坐着木筏子吱呀远去
树为我们打开了一道结实的门
房梁脊檩撑起一个家
板车在禾场上运送我们的庄稼
木柴在炉膛里熊熊燃烧
当我坐火车离开故土

一节节伐自遥远山谷的枕木
托送我到了远方
岁月的重压和长久的滚动
那些荒凉的人世在车厢旁一晃而过
成片的森林成为背景
我看见父亲的脸像樟树桩
一圈圈年轮打着褶皱
身材矮下去像树雕
三十六年前的某个秋天
父亲倒在了木板床上——
那是他最喜欢的一棵枫杨做的
十七年后大哥躺在板车上奔向县人民医院
这些缠绕一生的树木
先带来我最亲的亲人
再带走我最亲的亲人

2022-5-21

在新洲问津书院

他只是周游列国路过
他只是派门生前去问路

门生叫子路
子路在此问路
子路问到的路在哪
两千多年来
世人并不知晓

但楚国的路因为他的涉足
更加弯曲
所有的路
都走向了《论语》

我曾秉烛
我曾捧简
我读平生、苍生、书生
读韶华、空负、红颜
我有此生未了的怀
我有来世未了的债
我有多少次迷失
所有的道路被掩埋
仅此一次问路——
只凭一次指引
更多的追问付流水
消弭无声

我来问津太迟

半生跋涉,早已踩在
虚空之上

2022-6-6

青衣和老旦

在河的两岸
此岸,彼岸

孟姜女一哭断流
罗敷女一笑折枝

着青色褶子
笑不露齿,袖不露指
永远是贞节烈女

总是在消磨了容颜和身段之后
等待过来人
其实,一转身
就成了彼此

2022-6-7

理 毛 线

母亲要我坐在对面
她张开双手,把一大捆杂乱的
毛线架在我的手上
我束手就擒
手要半举,像投降
母亲找到头绪
一根根毛线从我的手
跳到她的手
刚开始沉重,两臂酸痛
后渐渐减轻
母亲接过了重量
并一根一根安放好
直到我两手空空
十几年过去了
寒冷的冬天如期而至
现在我想换过来
让母亲坐在对面
照片里的母亲

依然把线头攥得紧紧的

2022-6-22

幸 存 者

老家附近的桐子湖
某天风雨交加
一对在船上打猪草的
双胞胎落水
附近的船夫奋力救起一个
另一个被猪草缠住
淹死的不知道
是哥哥还是弟弟
我见过幸存的一个
脑子像灌了水
记不清发生了什么
失去参照物
人们分不清两者
后来,幸存者也糊涂了——
"我是我,还是他?"
再后来,连他母亲也糊涂了

或者希望他都是
多年以后我回到老屋
他苍老得超过同龄人——
"我感觉自己还被缠着"

2022-6-27

妈 没 事

有好几年
小妹给我打电话
"哥,你在哪里?"
我吓得不敢接
后来叮嘱小妹——
第一句要说"妈没事"

现在小妹偶然打电话
"妈没事。"
我喃喃自语——
"妈没事了!"

2022-7-15

疤

后来,我回乡偶然碰到
相视一笑终究语塞

小时候落水,救我的大哥
是邻居地主家的儿子

那时,我们不与他为伍
他总是孤独地扛着竹筐
在堤上拾牛粪
他的脸因烧伤
留下了一块醒目的疤
成为我们取笑的对象

我早该给他说声谢谢
是他伸过来的手
把我拉回了人世
是日子累积的宽宥
还是愧疚积攒过多
这一句终究没有说出

直到他离世

要淹死我的那条河
现在只到膝盖
世事齐腰
每当掬起水花
那张带疤的脸
就长在我的脸上

2022-7-31

着　　袜

总是脚底先破，出现漏洞
脚板粘着鞋垫
有时缩进去露出脚踝
另一只品相尚好，弃之可惜
抽屉里的大部分袜子已然丧偶
很久以来，每天起床
我都忙于给它们配对
有时在慌乱中上脚
过后才发现不是原配

只是款式和颜色相近而已
但不会有人发觉
这细微的差别
只有你自己可以体味
只要不同时展示
它们依然可以很好地
承担不同的角色
两只袜子也不会打量
彼此的前世
如果生活也可以
这样混淆
我们便可以不分彼此

2022-8-3

软 硬 度

桃子起初是硬的
几天后有些软了
可能坏掉了
香蕉起初是软的
放在冷冻室里

有些硬了
可能坏掉了
任何事物都有
一定的软度和硬度
如何保持是我们此生的难题
前年的阴雨天
我们用最后一个拥抱
说好了不再做那样的朋友
可总是忍不住
又做回那样的朋友
我们终于无法承受
连朋友也不做了
就这样
桃子坏掉了
香蕉坏掉了

2022-8-3

钟　　摆

早起发现，客厅的挂钟
指向了十二点

什么时候开始
它想走就走,想停就停
我见过寺庙里的钟
提醒僧人做早晚课
也见过广场上的巨钟
在整点准时敲下
还见过棋盘钟,被裁判
按下后,开始紧张地读秒
但客厅的钟是指向我的
早上按约出发
它指向十一点
我怀疑自己赶不上了
下午下班回来
它指向四点
我担心是提前收场了
但它指向的可能是晚上
我为此战战兢兢
深夜归来,我快速
穿过客厅,躲进房间
但心里好奇
它指向了哪里

嘀嗒——嘀嗒——
时针分针秒针
像是被谁上了发条

又随时被谁按了暂停
夹杂着月光和晚风
向我暗示什么

2022-8-4

红 与 白

从波依定到替米沙坦
从络活喜到美卡素
从一粒到几粒

所有的颗粒都是白色的
要平复红色血管的涨潮
白与红在体内旷日持久拉锯
遗传即宿命
一日服药即终身服药

我早已被贴上患者的标签
每天早晨它们随温水
滑入我的喉咙
我获得存活一天的依据

偶尔忘记,便如热锅上的蚂蚁
担心撑不过二十四小时
便觉隐隐有只手要
突然按下暂停键

我学会了药不离身
家里办公室里旅行箱里
随处可见皆此生所托
它们像鸽子在我身上逡巡
抑制管涌的冲动

我一直在提前储存中
获得安全感
在朝不保夕的日子里
面对魔鬼燃烧的火焰
我携带着流动的消防车
和成片的白色洪水

只是我没有机会拯救他们——
老父六十一岁
大姐五十九岁
大哥五十三岁

2022-8-9

抵　　抗

先是波衣定
后是替米沙坦
现在是络活喜和美卡素
力度在增加

每天早晨
两颗白色的药丸
捧在手心
随着温水
滑进我的喉咙
它们引流我的血管
平息澎湃的血压
要继续活在人间

我们一家人
带着深刻的遗传
常年生活在高压线上
父亲匆匆上路
大哥跟上

大姐再走
他们教会我面对死亡
不怀侥幸——
药,要吃到位

我想好了
就用这副皮囊
和这个人世拉扯
要讨回他们
早辞的岁月
把亲人们活在自己身上

先戒了烟
控制饮食、体重和心情
宿命轮回
我只能先为生活降压
再在古老的道路上,与魔咒同行

2022-8-21

与诸君饮

萝卜排骨汤刚上

羊肉还在慢炖
有人已按捺不住
把小盅弃于一旁，一饮而尽
我只能一口一口地抿
我想吃剁椒鱼头
可每次转到面前总有人敬酒
直到鱼头成了鱼杂
我想在细品中，找到口感
但总有人举杯在手，虎视眈眈而来
我惧怕，连连拱手
然有好事者硬劝
我只能视死如归。氤氲中
我已看不清谁是谁
喝的是酱香还是浓香

快感和高潮过后是
巨大而长久的痛
一直以来，我缺乏泥沙俱下的能力
总在世事中呕吐
又强行把一切灌进肠胃

我想疏离，不再带有残余的
酒精活着
但时间不长，我又送上门去

2022-8-25

剩　　蝉

秋天留在菜园里
几棵包菜上，只剩
最后一节阑尾
此时已近黄昏
妹妹拿着镰刀出门
我刚走到老屋前
一只蝉破着嗓在樟树上
叫声尖利、深长
我忍不住走到树下打量
它突然噤声。不知它
藏在哪一片叶上
针对一个疲惫的回乡人
不免有些残忍
我轻叩门环
那只蝉发出凄寒一鸣
迅疾飞走
亲人们还未回家

2022-8-29

遥远的大舅小舅

舅舅家好远好远
从太阳升起走到落下,才看见
舅舅家灰蒙蒙的轮廓
大舅连着小舅,一直
住在老江河边
母亲一年带我走两回
从开春堤下金黄的油菜花
走到秋天河边杨树发黄
每当精疲力尽、饥肠辘辘
舅舅在夕光中升起的炊烟
总让我们心头一热
不由得加快脚步
母亲走了十几年了
像老江河自然断流
去舅舅家的路早已荒废
现在我偶尔开车经过
傍晚天色白如鱼肚
那个单薄的少年已远去
遍地炊烟照样升起。我看见

夕阳中的老江河,河流奔涌
映出大堤上一张张
匆匆赶路的身影,他们
是我安度晚年的大舅小舅
车流中紧锁眉头的是
我陌生的表哥表妹

2022-9-9

我　　们

用老江河和荆江的水
洗脸,看到我们四十年前的
倒影。后来
你我都被困在长江
你一直是我的上游
我们的感情也是水
甚至比水更淡,大部分时候
我们都忘了对方
彼此自闭为一方深潭,任
尘世荒草遮蔽
偶尔见面,我们只会

陈述简单的现在
对两条河深陷在
故乡和城市的淤泥
避而不谈。年轻时
我们在河边趁手取石
凭豪情就可以将水漂
打到对岸。而今
一条尾鳍松软的青鱼
愿意默默地在浅滩游弋
将誓言搁浅
埋头生活，我们懒得冒泡
偶尔出差、偶尔电话
都是匆匆一见甚至不见
我们都不习惯在泡沫里祝福
我也有杂草，也会浑浊
但于你——永远是下意识的
我定当奉献仅有的清流
四十年，我们各自潜涌
却总在一刹那
敞开河道

2022-9-15

晨　　光

昨夜的雨下了又下
我在几个梦里反反复复
昨夜的梦做得很累
母亲多次落水,我拉了又拉
总是拉不起来
母亲像河面上的一团白雾
时沉时浮,时有时无
总是难以靠近
我急得大喊一声
湿漉漉地爬了回来
窗外正是一片鱼肚白
正是十几年前我们
守在县人民医院走廊里
那个早上的晨光
医生说母亲术后
终于醒了,我们
长出了一口气
一大家人去吃早点
等我们重新回到走廊

医生说母亲又昏迷了
再也没有醒来

2022-9-17

兄　　弟

我们走了很久以后
地上留下了灰烬
不欢而散是因为
三十年来我们
陌生的地方越来越陌生
熟悉的部分像落日
只露出几个
残破的门楼

我们再也不能使用
自己的前身。滚烫的水
在旧瓶里慢慢冷却
我们与太多的人说话
在各个频道寻找
我们学会了各种语调

再也找不到彼此的称呼

我们走了很久以后
身前身后都升起了狼烟
我们用今生挥霍
用来生许诺
像头顶的星空
看起来挨着
其实隔着深渊

2022-9-27

疲惫的夜色

饭后我又走上了那条小路
才想起你走了一年了
我们并非无话不谈的朋友
却可以在一条路上结伴
有时你在前
有时我在后
无语的时候我们只顾走路
但并不觉得乏味

我们的话题像疲惫的夜色
分开又合拢
我们只在交叉的地方驻足
有时你在樟树下发呆
我抬头看天上昏暗的月光
路过的人以为我们不认识
从来没有约定
但保持距离一直是我们的方式
像这样多好
和那些无话不谈的朋友相比
我们只是十分之几的朋友
但真实可信
现在你只是在另外
一个角落沉思
这条路越走越旧
就像一年前的月光

2022-9-29

白　　掌

有一天我突然发现

窗台上一盆白掌死了
大片的叶子倒伏，叶面枯黄
原来袅娜的菱形叶片
伸展如举起的一排手掌
现在虬卷无力
像一个捏不圆的拳头
再也不可能鼓掌
再也没有握拳的气力了
本来不多的白渐渐黯淡
离命名越来越远
它本来是栽在水缸里的
可一个春天我都忘了续水
我赶紧打半盆水倒进去
几天之后，那些倒伏的茎
居然又翘起来了
但每一株白掌
都需要成片的枝叶长久地烘焙
由绿而黄，再出离泛白
我仍然心存侥幸
虽然我一直像骆驼，穿行在沙漠里

2022-10-1

一个人的客厅

电视绝响
布满灰尘很久了
冬日早上的阳光依然
穿过阳台照临
一个人的客厅
习惯了坐在客厅里发呆
沙发上丢满了要洗的衣服
地上是蜷缩的袜子
一个男人总是被逼到墙角
才去整理慵懒的日子
早上从拖鞋里出门
晚上还是那双拖鞋等着
带来的灰尘也是陈旧的
烧一壶水泡脚，读两页未完之书
用小刀刮脚底浮皮
那些虚无的碎屑缤纷
如年华无声飘于盆中
女儿在千里之外
外孙茁壮成长

我守着一个古老的家
像遥远的村落完成使命
我喜欢晚上宅在客厅
在黑暗中打量一位慢慢老去的人

2022-10-3

瓶　　塞

后来，在校园的舞蹈表演中
又一次看到你，像一朵开放的蔷薇
我的掌声那么轻

一天傍晚去打开水
你的瓶塞掉在了地上
我捡起来递给你
你回头对我说了声谢谢
那么轻

一个情窦初开的男生
从此爱上了打开水
他希望瓶塞依然是松的

冒出梦幻的热气
他只有不停地去打开水
一遍一遍往返于宿舍和
开水房之间。然后
躲在宿舍里，一杯一杯地喝水
他的肠胃清洗如碧空
可天上再也没有飘来云朵

几十年过去了
他时常想念那段日子
虽然有梦想，但无奢望
虽然他那么贫寒、那么贫瘠
但他依然给自己的生活，偷偷
放上了一粒盐

如果在茫茫人海中
再次见到，肯定认不出
他早已成为一个年久失修的
开水瓶，被琐碎的日子
碰掉了瓶塞

2022-10-13

囫　　囵

我的一颗板牙松动
再也不敢咀嚼
生活已被迫囫囵吞枣

很多次拔掉它已提上日程，但
一直拖着，因为没有迫切性和必要性
它让我学会躲避、隐忍、苟且和
放下暂时的痛

出没毫无规律，像潜伏的
刽子手，总是猝不及防袭击我
可忍受甚至忏悔之后
我又重蹈覆辙

每次大快朵颐的时候它都提醒我
不能放纵。我觉得
自己一定做错了什么，对人还是对事
我都应对失措。如果说还有理想
那就是希望身体还过得去

它就这样控制我的生活，只是
有时像喂狗一样，偶尔让我啃几块骨头
作为对我辛勤生活的赏赐

2022-10-17

我爱你长江

一九七九年的夏天
一个年轻人在大堤上挑土
他瘦小的身躯混杂在
一群粗大的胳膊中
被一群大人夹着奔跑
他的肩膀还小
挑不起几朵浪花
他走不出这片长年水患的平原
做好了这辈子与长江搏斗的准备
他沉默寡言，只有默默地挑土
像每挑一担就会给自己加上一分
有一天，天空滚下炸雷
有人捎信说他考上了监利师范

这个年轻人把担子一撂
打着赤膊在瓢泼大雨中
沿着长江大堤跑了起来
一边跑一边喊：我爱你长江！

2022-11-2

江汉平原 两首

其 一

没有一座高山，所以
也没有一座大殿
也没有一位高僧
云的道袍落在湖里
鱼游在云梦之泽
天空高远，河水奔流
一丛树一个村庄
炊烟连着炊烟。相似的人
过着相似的日子
早起的人碰到晚睡的人
一样打着呵欠

疲惫的日子像滚动的河水
他们像树苑一样出生
蒿草一样埋葬
长江汉江是流动的墓碑
打鱼人的箴言遗留在墓志铭
亲人千古,传家流芳
这是他们最后的寺庙
最后的宽宥与归宿——
河流是仅存的气力
稻穗是低首的拂尘

其二,回声

深夜湖边独行
月明星稀
有稻香扑鼻,身后
草丛里扑哧扑哧
似有人语
你给自己壮胆
大喊一声,回头寂无一人
水面上泼剌有声
一阵阵

2022-11-2—2022-11-5

原　　名

多年前我做批评报道记者
用现在这个名字
以这个人的名义活着，接受
生活的问讯和诘难
后来，我渐渐忘记了本名，忘记这两人
原是一个人，或者上下铺的兄弟
打断骨头连着筋。三个字的名字
只出现在证明、身份证或户籍上
多年不见的同学突然叫一声
易飞就消遁了，那个陌生的人
夹带往事重回人世
只有在乡音和同学里，那个人才活下来
苟延着当年的残喘——那个人走不出水荒、饥饿
走不出自卑、贫穷和捉襟见肘
他差一点儿做了一个不合格的农民
永远种不出能养活自己的庄稼
这个人得意的时候，有人
突然喊出那个人的名字
这个人会惊出一身冷汗

仿佛被窥见过去的隐私和不堪
两个不同的人，已被时间改变
又奇妙楔进同一个躯体
只偶尔翻面

2022-11-7

幌　　子
——致著名书法家范福珍

残酷已无意义
残忍每天呈现
呈现在针头里
四十公斤不足以表达干瘪
挤去了生活的水分和气血
你如此枯槁地爱着无望的人间
你瘦到另一个世界去了，还以
自己的骨节在和死神较量
日子在引流中减少
活着的唯一证明是
还能感受到针尖带来的刺痛
这种残余的生活，虽然带着痛感

和侥幸,却依然让人留恋
只因我们还共处烟火人间
生活总是在祈求之后陷入绝望:才华和善良
从来不能打动上帝
好人一生平安,只是人间的幌子

    2022-11-12

按 摩 师

她每次都点他
想听打击乐
他指间有烟火

他的弹拨如泣如诉
她愿意成为一架木琴
听到冰封已久的河流溅起水花

她觉得和他在跳双人舞
想起曾经的好舞伴

墨镜只是伪装,他手上

全捏着故事,老道于人间

她悄悄移掉门闩
他的手在边上游弋
又很快缩了回去

2022-11-15

树叶落下
——致培铁兄

十一月的小寒夜,附近的老乡终于凑齐
在深重的夜色中匆匆相约
预示着平常的生活又出现了变故
我记得你住在附近的碧竹苑
可十年前的记忆早已失据
紫竹苑阴影朦胧
每一栋都像一个抽屉
闪烁的灯光也是相似的
我一直以为近在咫尺
才发现如此遥不可及

一个人离去如此安静
你生前也像一只猫
安静地趴在生活的一角
不抽烟不喝酒不喝茶
无不良嗜好
无虚妄之念
我们踩着昏暗的夜色追问
人世虽无常,但灾难莅临
还是应该有所预示
如此猝不及防,让生
显得何其侥幸

一路寻找,竹影婆娑
我们固执地认为
一定有一方小小的灵台置于某幢单元楼下
也一定有一盏灯火挂在夜空中不熄
但楼下铁门均悄然紧闭
偶尔有裹着晚风回家的人
像一片树叶,在这深秋
你轻轻地落下

2022-12-1

2023 年

虚拟祖父

他活在只言片语中
连照片也没留下一张
我在梦中遇到过。他模糊的
幻影在广阔的湖水中摇荡
父亲噤言,似乎不值一提
不用在梦中证实——百年前他就是
宿主,最早的携带者
江汉平原澎湃的是河流
也是血压。如影随形
快速的家族迭代,一浪高过一浪
不能几世同堂
祖父等不了最小的孙儿出生
我也无法睹其尊容聆听教诲
从草蛇灰线中,推测
祖父从湖南而来
因为岳阳、宁乡有若有若无的亲戚
所以我一直无法确认
祖籍是湖南还是湖北。但
据语言专家推断,我的方言偏湖南——

监利之南对面是城陵矶
小时候坐轮渡过长江即是岳阳
不过两三个小时，而去一趟
大武汉需一天一夜
我有次在老宅里看到
一把锈迹斑驳的戽斗，仿佛
看到祖父在大汗淋漓地车水
我喊了一声爷爷
屋后的洪湖和对面的洞庭湖回声一片

2023-6-3

北山乌桕

只剩一点残红
在寒风中僵持
梢上已呈现雪白

来晚的人只为凭吊
深藏于袖中的手
把冬天翻面

感叹的人走了
与深广的凋零绝交
孤傲的冬日
以干硬的残枝兀立

我们犹有不甘
专赴落幕
在遍地的血红里
与夕阳共染
天地的入殓师
默默打扫着残叶

白色的绢幡
只为献祭
渐渐融入头顶的云朵

2023-6-8

通 知 书

夏天最后一个傍晚
闷热中下起了小雨

父亲又一次疲惫地
从邮局回来
母亲在昏暗中做好了晚餐
我和父亲一向无语
面对他的追问
我厌烦地抛下碗筷
从后门走进越来越暗的田野中
我听见身后酒杯清脆的爆裂声
父亲的咒骂被阵阵晚风吹散
雨越来越大
母亲的喊声如雨滴
在沉重的棉朵上摇晃
在初秋的秧田插完晚稻，我
躲进木板拼成的小楼上
从一孔微弱的月光里
无力地打量昏暗的人世
直到有一天父亲趾高气扬地
从镇里回来
他手上多了一张纸片
沿途逢人便讲
晚上，老支书戴上老花镜
仔细看了半天，门外吵吵嚷嚷
他添了一个酒杯
说："今天你也喝。"

2023-6-10

洪湖之莲与一场诗歌约会

为等一朵荷花耗去三百天
白云倒映在湖底
深不可测。我愿意虚度在
一件虚浮的事物上

第一次误入去年九月的荷丛
你以最狂野的姿态让我
看到群体的绽放。湖水
在挺立的荷梗旁随
秋风无声地涌动
我领悟到本该
如此——临风、倚靠
灿烂、携手、方阵
无需计较过去我们
折断了多少残荷、枯茎

我一直趴在水下等你
你的尖尖角从水底渐渐上移
五月之初,你还在犹豫——

要不要顶破水面
看不到云朵和天空
这一场诗歌之约一改再改
一个人的风雨浇不灭
渐渐生长的火焰——去洪湖
当长久的等待结成巨茧
一百人的滂沱
也要汇入洪湖的波涛

我一直愧对洪湖、愧对兄弟
我们并不需要十里荷花
甚至并不需要明天,但今天
必须盛开,必须

2023-6-11

虚拟生日

某天我突然惊醒
我每年过的生日一直是别人的
我出生的那天和
地球的转动角度有关

很难重现人世
查万年历——闰四月对应的阳历
推迟了两个月
把一个非生日的日子
过了几十年,再重新掐算出
一个陌生的日子
经过精确转换之后
一切都是怪怪的——
在新的日子里我
是否又在过着不属于我的
翻转人世。我在阴阳转换中
丢掉了自己
半世荒唐由来已久
它们都让我存疑
我的家人朋友都被我弄糊涂了
我再不想去纠正他们
这世上的此一日与
彼一日又有什么区别
甚至阴和阳,我和你,有和无

2023-6-13

旧　刀

窗台上有一把旧刀
准备顺手扔掉
突然发现沉沉锈迹中
有一块地方异常白
不在刀刃处，也不在手柄处
四周的锈向它围拢
却不曾将它同化
如遍地的黄沙中
仍有一处白色的毡房
我把它存放在阳台一角
可以接受阳光的地方
虽然我不再用它
生活仍难免锈迹斑斑
但我尊重它的坚持和
某处始终发出的光亮

2023-6-17

隔壁打鼾的人

他带着大声响很晚回来
进了右边的房间
把我从浅水区打回——

岸上的一只猫
耳里复闻他弄出的各种异响
他嘟囔着接了几个电话——
明天八点前要赶到工地
突然安静

我试着又返回浅水区
一排浪打来——他
不均匀的鼾声摇着风箱
一波一波把我扔在沙滩上
一条要死不活的鱼

我在黑暗的喧嚣中
束手就擒。一个晚上
我和他一直在寂静的

小山里以不同的方式度过
白天诸多不值一提之事
在天花板上一一演绎
我过于容易被惊醒,对生活的
细枝末节耿耿于怀

后来我心平气和了
一直听着这个幸福的人
在梦中替我冲浪

2023-7-7

鼓　　掌

——致监利女子读书会

她们只知道读书,从《诗经》
一直往后读,几千年在她们
修长的玉指中一翻而过
雄文繁卷,满腹锦绣
红豆蔻里尽是妙文韵致
关关雎鸠随孔雀东南而飞

浔阳江头明月初照
潇湘馆万顷竹子摇曳
人间并无定力,她们却笃定
无意声色犬马,只在红尘中翻书
清风十度,容城一隅
岁月读出了茧,她们总
抽出新枝。许玲琴的方言
道出古韵,李雁端庄凝坐
长安茶馆,王敏的唐装
轻笼汴梁的圆月
素手急匆匆推开
易安的后花园——

她们不乏男书童
刘寒冰、刘敏已稀释性别
他们只负责鼓掌
一半为自己
一半为我们

2023-8-7

一碗豆丝

她坐在土灶旁
往灶膛里添柴火
有时把半个头塞进去
用吹火筒使劲吹
干涩的树枝和棉梗噼啪作响
豆丝在锅里嗞嗞冒烟
小孩子敲着空碗
眼巴巴看着锅里
真切的场景让围着灶台的
人满心欢喜
锅里金黄的豆丝
又翻了一面
再也没有更好的生活可以期待
在江夏田子海村
有比糯米更稠的日子
我看到她们的背影
其中有一位
曾经是我的母亲

2023-8-11

屏　　保

一片早稻田
从手机插到屏幕上
湖水清浅
青翠的秧苗扑面而来

我每天绕过这片秧田
去给那些陌生的文字化妆
然后像蝌蚪一样赶着它们
到秧田里洗澡

我的文字笨且浊
像石头沉进湖里
在清水里一泡
就现了原形

2023-8-13

门　　环

当它们环环相扣
两块杉木扭结在一处时
亲人们荷锄而出
当它们分开
悬于各自的门眼上时
大风吹过易家墩

这是我们的家
寥落的瓦房散落平原
它们未经抛光铣凿
从来没有严丝合缝
风声、月光和粗粝的时日
在此穿过。这是我们的亲人
日出而作，日落而息
有门的日子便有归属

绳子一系
开工去了
铁丝一扭

出了远门
门里门外近在咫尺

我已将自己的岁月消磨殆尽
穿过很多道门
门环已变成一些锃亮的把手
有时像手铐
玻璃在身后无间合拢
方的、圆的、彩色的、旋转的
每每伸手的刹那
又误入一道尘门

一些声音已成绝响,古老的
门环,聆听仍有余音
锈色深重,年轮板结
再无亲人的应答
屋檐下常年滴水浸湿的门楣
在月光下仍可轻轻叩击

2023-8-15

讣　告

大楼门口偶尔贴出讣告
进来和出去的人会看上一眼
一晃而过的，面无表情
有人驻足
必是某位熟识之人
有人通读
必是某位重要之人
有人读后神色凝重
必是悲从中来
有行政职务的，则长百言
有职称的，多写几字
什么也没有的
只通告名字、年龄、病因
但一周之后
长的和短的
尽皆揭去
空空如也
世人惜墨如金
那些已故的人，为了

能被多写几行
曾经是多么努力

2023-8-16

抹　　布

沿灰黑的锅边锅底
来回抹
把榉木柄的锅铲抹得光亮
再倒上半锅水
把碗筷放进去泡
它们叮当相碰
紧挨在清水里
饭桌上有另一块抹布
把实木桌面清理干净
再把苦辣的鱼渣和
发硬的菜帮扒拉到地上
当平整的棉布成为凸起的鳞片
变成四处漏风的布条
柳树做的米柜泛着白光
只有母亲知道还剩下什么

傍晚下起了阵雨
总有抹不尽的雨水
昏黄的灯罩擦亮油灯
形形色色的抹布
色调越来越暗
未来的日子深不可测
它们有时滴着水
有时在风中摇曳

2023-8-17

十五年后遇梁文涛

稍微有点发福,彼此
但一眼认出。七喜大酒店有
某种暗示,为了这个拥抱
我打听了十五年。写诗者如
过江之鲫,仍有一面之缘
念念不忘者,我迷恋你的诗
你迷惑了一座小城
你的具象在逐渐模糊
名字依然在风中滚动

生活让我们相继转身
我们失去了一些什么
得到的也正在失去
我比你先钻出水面,看到
岸上的风景——还是从前的时光
时光不肯老去,我们也不肯
你甩掉泡沫湿漉漉地爬上来
兄弟们借张执浩、胡弦打火
为你取暖

2023-8-21

此 山 中

从山顶往下望
我们刚刚经过的农舍
在山腰升起了细小的炊烟
满山荒凉中有了人间烟火气
农舍前来了几个面目模糊的人
似乎一样的装束
在门口交头接耳
很快被风吹走

他们在用力比画什么
一会儿指向山顶
一会儿指向山谷
他们身后的背景是
一片浓绿的山茶坡
茶花摇曳，忽明忽暗
山谷里的风旋转着
很快浮起了大雾
他们一直在雾中说话
越来越小，渐至于无
很快，大雾漫上了山顶

2023-8-22

寻猫启事

小区布告栏的右下角
贴上了寻猫启事
日晒雨淋中有毁损或被风吹落
马上会换上一张新的
看第一眼知道它
是白色的

看第二眼知道它有
蓝色的眼睛
看第三眼知道它喜欢
抱着主人床上的另一个枕头
每天早上它舔出门的高跟鞋
傍晚准时蹲在门口的花钵上
后来又上了一张互狎图
旁有粉红标注：我的 Devin
我为其过于亲昵略感厌倦
但还是被那只猫
抓了一下

2023-8-28

指　认　三首

其　一

荷花开在桐梓湖
只能默默无闻
虽然这湖是洪湖的一部分
但在监利境内

被称为桐梓湖

相同的身世
一样的天空和湖水
只因称呼不同
一个便无人知晓

洪湖岸边是家乡
我也从不认为
韩英出自监利
洪湖水唱遍天涯
我也从不认为
与我有什么关系

我热爱洪湖
很大一部分原因是
两湖其实为一湖
但我依然不想掠美
即使湖水千万年同流
荷花并无二致
即使他们在一个湖上凌风
在一个水域安命

只因不一样的
根系与淤泥

乡音与乡愁
我本洪湖
但请叫我——桐梓湖
我愿意与洪湖同体
也愿意默默无闻

其二 风吹秋荷

风吹秋荷
发出连绵的脆响
谁在击节
为秋天的变色
她们彼此撞击
一片压在另一片上
俯身耳语
像传递密码
褐黄的袈裟
频频躬身
给谁祈祷
湖水清浅
大地干渴
洪湖的尽头渔歌渐歇
江汉平原流下最后一滴清泪

其三　夜宿洪湖

风一直揪着我
像是掐准了我的行程
掐准了十几年后的今天
我会下决心小住一晚
风一直拍打窗棂
初秋的荷叶一片片
有节律地哗哗作响
在漆黑如锅底的夜色中
如湖中黑叟躬腰低首
漫漫长夜令我仓皇
在荷叶的撕扯与湖水的摇荡中
我终于进入了梦乡
看到他们从荷荡的深处
露出陌生的面孔
大哥撑着小木船
父亲叼着烟斗
大姐在劳作
这是他们在夕光中
多次出现的疲惫的身影
落日的余晖又一次
笼罩着洪湖和我的亲人
直到他们两手空空回来

直到屋后的鸟声吵醒
一个散淡的过客

2023-9-9—2023-9-15

一只螃蟹不见了

以木桶的高度和桶壁的光滑程度
螃蟹无法爬出
但可以确认——
少了一只

他在每个旮旯找寻
不放过任何潮湿的角落
螃蟹离水无法熬过一天
它要么死了
要么在接近水源的地方

他为此忧心忡忡
晚上他梦见
螃蟹爬进了被窝举着
一对大螯在他背上游走

在某个角落里他找到了
一只折断的小腿
清晰干脆的折断截面
并无挣扎过后的印记
断腿自活让他
感受到对方的坚忍

他在那些早已被遗忘的
地方嗅来嗅去
希望有腐臭的气息

他无法确认
也无法抓捕
一只螃蟹隐约可见

2023-9-17

漳河寻桃花水母不遇

我一直在寻找自己的汛期
十年前在湖心你袅娜而开

晶莹、轻盈，银白的絮带
如伞漾动，随水波轻轻
推送你的羽衣
我从此知道水下的
风景才是缠绕最深的
苦难的浸泡之后才有
桃花的极致之美
桃花有期，春风虚度
每次羁旅都错过
失之交臂，再难相聚
一腔空怀徒自羡鱼
呛过中年我已难以清澈
桃花只在梦里开放
流云在天，人世苍茫
尚有几瓣散落湖心

      2023-10-5

遗爱湖谒东坡先生

写作者的宿命，静穆如
遗爱湖，四月问稼

晚钟夕照里，樽浅不饮
春酒，竹叶从古返青
移步换景中
收起自恋与轻狂
莫谈文章功名——
且问石问鹤问兰花
且听竹听杉听风过留香
东坡肘、东坡汤、东坡饼、东坡蜜酒……
此心安处即可命名
眼到处手即到——古今
竟有这等奇人：玩什么均冠绝同类
羞愧前人后人。然不啻才华
通透万物，且化苦难于云淡风轻
古今诗人有不如意而
自绝于世者，真该到坡仙亭小坐
真该于栖霞楼抚白玉长栏
眺浩渺长江，再读双赋——
唯江上之清风，与山间之明月
寄蜉蝣于天地，渺沧海之一粟
自怜者不值一死
何妨吟啸，一蓑烟雨

2023-10-7

陷入渤海 六首

浪花摘下眼镜

从此,它代替主人观察
风浪、流沙和遗物

从此,它见证海底涌动
海上游人、弄潮儿及蜃楼

白浪滔天,只需要一次
迎面而来,一个趔趄
退潮时突然松动
一片浪花轻松将它卸下
流沙很快被没收

亲爱的渤海,请戴上我的眼镜
当我在长久的凝望中麻醉
被簇拥的浪花一遍遍拍打
我也无需借助一片被
洗净的玻璃看混沌的人世

当我的耳根空空如也
一切都缥缈如水

从此,我的目光留在了海上
狂风和波涛成为瞳仁
当渤海一次次澎湃
涨潮和落潮

游　　戏

光脚的小孙女
只喜欢待在海边
她最喜欢做的游戏——
把浪花捧给爷爷
每捧一次爷爷接一次
她的小手容量有限
身体被海风吹得倾斜
浪花在传递中已滴落殆尽
但爷爷乐此不疲
还偷偷用另一只手
舀了一大片波涛——
"它们都在这儿呢!"

看　见

渤海只用一个浪头
取走我的眼镜
同行者说,已有三副在此
被流沙卷走。在此——
再好的视力失去意义
无需极目远眺、透视
你看到的均为整体、同一
一个浩大而又单纯的系统
海纳百川,深水自清

把眼镜交付渤海的人
会有另一副眼镜
塑形于海风、流沙、波浪
在浩瀚的摇荡中渐渐清晰
虽然他们像盲人一样离开
但看见了不曾看见的

海水已至半腰

渤海一遍遍把褐黄
细密的沙子
推送到脚踝。风浪掠处

沙子如队列一圈圈向岸上
次第漾开。潮退又溃如蝼蚁
一部分被泡沫裹挟向下
重回海中。夕阳中
它们又镀上了一层金色

我学旁边的一排礁石
贪恋舒适,坐在平整的细沙上
但每一次浪打来
还是不由自主地摇晃
而浪盖石头之顶,数秒后
群石光洁如新,纷纷
露出劫后的峥嵘。它们
把最张扬的泡沫高高举起
甩在八月的岸边
迅即被烤热吮干

每次潮退,都掏走我
臀下之沙,以至于
我不断向下——越陷越深
不断前移,当感到莫名的吸附时
海水已至半腰

两米长的黄瓜

修长的黄瓜在集发农业园
迅速缠住了游人
它们悬于头顶,从空中坠下
仿佛舞台上握长绳即可上下
拉升、做高难度动作
也可抓取两只,荡秋千
如稻草缠身,或浮槎临波
它长得弯曲,握在手中端详
凸凹有致,像某个女人
病态,高瘦
像一条长长的幽深的弯道
不停地左拐右拐
远方不可知
像蛇,长长的黄白的须带
在风中轻扬,起舞
而伸出的信子
则在穹顶逡巡

南 瓜 颂

两百多斤
老藤已不能承受

如果是一个粗壮的男人
如果在酒后，则颇为麻烦
女人徒唤奈何，可作
废物弃之。主人
对这些庞然大物
何其用心——体重每个阶段
设专座——确保承重
年幼时兜着
年轻时护着
现在成熟了，也安详了
它稳稳当当坐在巨石上
俯瞰身边的小瓜小果
一个普通南瓜坠地
只是噌的一声，可消弭
它却可以带来地震、炸裂
但这些担心是多余的——
它肚子多大，端坐多稳
一尊金黄的弥勒佛
只是我找不到
那只托着的巨手

2023-10-3—2023-10-9

隐水洞遇蝙蝠

在夜色合围之时
它们鼓动翅膀回家
寄居千年的隐水洞
用入夜的潜流和清凉
引领它们归巢。没有一只落单
我们分不清此一只与彼一只
它们仿佛不曾老去
它们攫取竹节虫、蟋蟀
在腹中消化长夜
当我们仰望穹顶
它们整齐蛰伏,集体枕戈
像镶嵌在岩缝中的苔藓
身着玄衣,又像随时待命的一群
刀斧手,不与人类为伍
将白天卧床为夜晚
在摇摇欲坠的岩石上、冰凌中
依然可以随缝而歇,倒挂金钩
成千上万却纹丝不动
如一幅灰黑的长卷在

我们头顶徐徐展开
如此归整,如此沉浸
我们不禁加快了脚步

2023-10-17

遗漏的毛线

有一天我切菜时
弄伤了手指,找创可贴
斗柜里悄无声息地滚出
一个灰色的毛线团
母亲走了很多年了

几年前我还在抽烟
一不小心,把左胸处毛衣烫了一个洞
那是妻子花了很长时间织的

后来我戒了烟
毛衣和破洞一起叠好入柜
再后来毛衣换成了机织的、羊绒的

一个从时间深处滚过来的
线团让妻子突然有了兴趣
大概她现在闲了

她折腾了一个星期
拆了又补补了又拆
接头处总存缝隙
"这个——只有老妈子才能复原。"

2023-10-18

汉　川　辞　九首选七

杨 林 乌 壶

小时候陪母亲下田
总带一把杨林乌壶

太阳暴晒
水总是凉的

多少年后才知道

因为它是黑的

里里外外一圈又一圈
涂满足够的黑

它以一身的黑
遮住了阳光

烈日炙烤中
水依然沁凉

提壶的母亲走了
穿着一身玄衣

命　　名

秋渐深，杨林沟成片的
毛豆尽染枯黄
它们一生的变形进入
最后的较量
藤、叶、壳、仁
青涩时是酒桌上的时令小碟
中年后和秋天一起变色
下半辈子的使命是
逐渐染黄、加深

直到褪完上半辈子的绿
并在最后纵身一跃
把自己扁长的外形与果核
往回缩,直到时间抹去
所有的棱角,渐至浑圆
以此,获得新的命名——
黄豆

刁汊湖上的帽子

摘一片荷叶
再摘一节荷梗
把荷叶对折以荷梗穿透
一顶遮阳的帽子戴在头上
船娘娴熟地为我们制作
在太阳下滚着水珠的帽子
在洪湖摸爬滚打五十年
当年我制作的帽子
都沉到了荷荡深处
再阔大的荷叶都凭我折腾
再也没有往日的模样
我丢掉了很多简单的技能
在越来越复杂的生活里
无能为力
一顶帽子如此重要

像刁汉湖上的船娘
避免我在烈日下暴晒
也让我隔着滚烫的湖水
想起那些给我阴凉的人

东西汉湖

汉川的叫东西汉湖
应城的叫东西汉湖
它们都叫东西汉湖
是同一个湖,也不是同一个湖

一半在汉川
一半在应城
可同清同浊
不可此清彼浊
不可不分清浊
可同涨同落
不可此消彼长

水流动,水不动
均为一体
互为怀抱

芦蒿轻扬

波浪不分东西
荇菜水底衔环
虾蚌暗结黏膜
白鹭的翅膀浮在两湖
草鱼一跳便
换了籍贯

东边一声喷嚏
西边一串涟漪
云在中天,舟分两边
西边船娘开嗓
东边后生起桨

马口窑与天屿湖

五百年后
马口人从汉江里
舀了一壶
用古老的陶艺
转出一个湖

与天、与岛相接
用阳光烘焙
描上熹微的青蓝之光
涂上夕照的金黄之色
湖上舟楫、画舫

湖边百鸟、茂林
满湖波涛在几十万
巨手下旋转

马口人终于为自己
烧制了一陶
把世代的纹理和梦想
雕刻在了湛蓝的湖水中
在辽阔的天宇下
以一湖丹青
灿然着色

我想吃秋葵

往年雨水足
秋葵可以长到两人高
今年它夹在腋下
羞答答不愿示人
往年它肥硕颀长
今年它瘦骨伶仃
我吃到它时
已经年过而立
当我见到它生长的大棚
已经从江汉平原来到汉水之南
我以为它会因羞涩而
在某个角落悄然生长

没想到它竟然大大方方
在阳光下长得葱绿成片
我为这样健康明朗的
昭示心生感动
也为自己的
狭隘胸怀自责
当我第一次吃到秋葵时
有人神秘地强调
它的激发与增补功能
甚至见多识广的嫂子也笑着
把秋葵夹到我碗里
我感觉它的黏稠、丝滑
白色的浆汁溢出
我总在无人注意的时候伸出筷子
挺一挺我单薄的身子

棉　　梗

一根棉梗挡住了秋天的
去路,光大村房前屋后的
棉花,像四乡八镇串门的
姑姑,逢人便打招呼
她们像见到亲爱的姐姐
全都笑弯了腰
我们不断迷路,在木槿

绊根草、狗尾巴草和牵牛花
织成的围栏中寻求突围
麻河没有篱笆
秋天在棉梗中不断变色
从棉叶的青红、棉梗的
深红到棉蕾的紫红
完成自己的一生
它们全都倒伏在大地的怀里
躬身呈献
虽然与夏天的雪白相比
略显灰暗,但抽出的
最后的丝,却是金色的

2023-3-5—2023-11-9

万物均可凝滞
——外公手记 二十首

幸　福

多么深广的幸福
大海辽阔,浪花簇拥

我躺在这个冬天的草地上
也能感到潮湿的温暖
看到满天的星星闪烁
我想喊，攥紧拳头，嘴里喃喃自语
我想感谢一切
我想说，一位父亲从此没有了隐痛
并愿意承担生活的全部
与之相比，所有小的不幸
都成为大幸的泡沫。也许
这只是普通人正常的过程
但于我，依然喜不自禁
这巨大的幸福
沥尽我心里的泥沙
使之清朗、光辉
不只是因为身份的改变
也不只是因生活的反复教示
而为之勤苦厚道，现在我也能
将愤懑变为承受
不公领受为恩惠

淼哥，谢谢你让我
当上外公

淼　哥

出生前两个月,我绞尽脑汁
起了几个时兴而无用的雅名
被一一否决,算命先生把脉——
淼哥缺水

一个"水"不够用
两个"水"结成了"冰"——
有女孩子气
三个"水"汇成河,够用了

淼哥会小跑了
但从来不跑直线
稍不注意我就迷糊了
是啊,外公搞不清三条
河流的走向

抓　周　记

我们围着拍照、录视频
淼哥坐在红布中间,面对二十种小物件
很快抓取了一支毛笔
我的心一紧:"赶快丢了吧!"

他右手一直抓着毛笔
用左手把玩其他物件
森哥在官印和元宝前停留片刻
"快抓！快抓！"
森哥迟迟未伸手
众人脸色变暗
有人认为是
放下森哥的方位不对
让森哥背对毛笔
很快他把面前的木槌
抓在手里，众人眼里放出光芒
"森哥真聪明！"——其代表法官
我也开始为外孙祝福
仿佛看到他以后的坦途
当大功告成的时候
森哥转过身来
再一次抓住了毛笔，从此不再放下
众人再也没有说话
我感动得想抱着他哭

挖　　土

森哥出生在北京某小区
最喜欢在户外挖土
尖铲、凸铲、耙铲、网兜、小桶……

只要有土的地方
他下地埋头便挖

淼哥乐此不疲——
他弓着腰蹲在地上
把土翻来倒去
累了索性坐在地上
摆弄一堆蓬松的土

淼哥来武汉小住
从皇城根带来全套挖土工具
我带他所到之处
甫一着地他即开挖

我得带他回老家——产粮大县监利
那里才有广袤的土
他的铲子才能挖到
地球的最深处

发　声

迟钝的生活令人期待
淼哥快两岁了还不会讲话
我们教他的六个称呼
他含糊其词

仿佛亲人并不急于辨认
他对感兴趣的事物
习惯用手指着
也并不急于命名
每件东西在他眼里
都不体现出特殊性
混沌的生活该有多好
他情绪好的时候
兀自咿咿呀呀
不高兴时放声大哭
爱恨如此简单
像风过湖面
万物一体

酣　　睡

淼哥每天睡十五个小时
我每天断断续续睡七个小时
我们差不多睡去一天

再过几年
我们的睡眠时间都会递减
他成为少年时
我减掉一小时
成为青年时

我再减掉一小时
他睡得越深
我睡得越浅

再后来
我减无可减了
要么睡不着
要么睡不醒
外公与人世处在
半梦半醒之间

从多到少——
这奇妙的生命旅程
把我们人生之初
睡过头的，慢慢
还回去

左 与 右

淼哥有"内八"倾向
走路时脚尖朝内
两只脚互相打架
时常在不经意中绊倒自己
像两个人往前走
走着走着歪向对方

跑动中更易摔倒
经专家指点,鞋左右反穿
效果显著,左右脚不再碰到
习惯成自然,长此以往
我不禁担忧——
左的更左,右的更右

瞬　　间

我时常梦见我的外孙
面临各种险境
我也知道梦是反的
但我依然为之惶恐
我时常莫名地感到
他突然会摔倒、磕碰到
有时放声大哭因
找不到原因而惊慌
生之脆弱使他的每声
啼哭都惊心动魄
当我抱紧他的时候
我前所未有地踏实
这沉甸甸的二十来斤
热乎乎地贴在身上
比一生的阳光更温暖
他有时侧着头趴在我肩上

这亲密的示好让我心生感激
我不敢动弹一下
世界在我肩上静止下来
但他很快便中止了这样的恩赐
我陶醉于这样的几秒
祖孙之间刹那的默契

嘘

淼哥来汉之后
我们把门锁换成了智能锁
用手一贴即开
但依然免不了声响
我们进屋的时候
屏住呼吸蹑手蹑脚
淼哥特别容易被惊醒
仿佛酣睡中也张着耳朵
有时候我们因过于小心
碰到某个物体——"嘘!"
像被点穴定住了
等待某个判决
听淼哥在独居的房间里
轻轻哼了几下,再无动静
我们深感庆幸
是啊,淼哥睡觉是

天大的事
万物均可凝滞

一 袭 薄 衣

他刚两岁出头
用鼻涕糊弄自己
有时突然打喷嚏——
两砣黏稠的灰白水柱
摇摇欲坠

我每天负责抢险
往往一个箭步赶到他面前
但当我用纸巾擦拭时
他便迅捷扯住我衣服的某个部分
把鼻涕蹭在我身上
我的外套被全面入侵
侥幸留下几片盲区

体面的日子所剩无几
他的快乐是违反路径
并让外公脏兮兮的
我由躲闪变为欣然领受
愿意奉上我的
一袭薄衣

走在人群中
不觉得不洁

游　　戏

那时候你一岁半
喜欢和外公做一种游戏——
隐藏在各种门的缝隙里
等外公装着"偶遇"
你发出惊喜的格格笑声
你乐于这样的游戏
我沉浸于这样的方式
事情一旦沉湎难免走向
半年后我们"故技重演"
我习惯地推门与你"偶遇"
只听见你哇哇大哭
原来你的小手还留在门缝里
你的妈妈我的女儿惊呼
"我的儿，怎么啦？"
你的眼泪梭梭打转
"有没有骨折？"
"要不要去医院拍片？"
外公像个犯错的孩子
"你是不是他的亲外公？"

女儿气得已经忘了
我是她的亲爸

闻了一下自己

淼哥无理取闹的时候
见东西就摔
如果在座位上
便会挣扎着要站起来
他妈妈有了经验
凑近一闻
"淼哥拉了臭臭。"
屡试不爽
淼哥无法用语言表达,但
对身上不洁的部分
感到不适,并做出
即时而敏感的反应
有一次我带他出去玩
出现同样情况——我凑近闻了闻
"没拉呀!"
纳闷中我忍不住——
闻了一下自己

焦 点

淼哥的父母去长沙办事
我们带他一晚
次日清晨收到女儿微信：
"淼哥醒了，你们赶快起床！"
他们从监视器中看到
淼哥在自己房间的床上玩耍
淼哥的爸爸经常出差
千里之外也能随时看到
儿子的一举一动
时不时提醒注意事项
所有人只有一个焦点
淼哥在身边
也在镜头里
而当每个人和淼哥同框
便意味着在众目睽睽之下
禁不住做好自己

学 游 泳

淼哥喜欢游泳又害怕游泳
每次看到给八十厘米高的
充气橡皮盆灌水

他便兴奋又紧张
游泳圈套在身上后
他蹬得盆壁嘭嘭作响
我试着放手,他死死抓着
胡乱挥舞的水花
蹦到嘴里呛得他大哭
他本能地觉得面临风险
乞求的眼神让我心软
但我很快心硬起来
因为有绝对的安全
我几次掰开他攥紧的小手
他求助无望后
气得全身发抖
骇人的抽泣又让我犹豫片刻
他感到后背救生圈的托举
暴烈的情绪渐至平息
他很快放松并学会了享受
沿着盆壁蹬过来转过去
过了一会儿他停住不动
好奇地看着我

绑

淼哥坐上手推车出去玩
我们会用两个搭扣绑定他

刚开始他非常抵触
后来知道反抗没用
"搭扣是怎么卡住了——
让我动弹不得?"
产生了兴趣后
他坐上推车便找接头
因力量不够,吻合处
总不能发出榫卯咬合后的
咔嗒声,急得哇哇叫
他用手死死抓着另外一个
我们只任其摆弄
直到他累得放弃
有天我们忽然听到咔嗒一响
淼哥眼睛眯成一条缝
此后,他每次都快速地把
自己绑定,然后得意地
看着我们

与外孙书

在深重的焦虑之后
我不再折磨自己
因为我不能替代你
人事无常我无法阻挡什么
我曾为你幼小的生命安全

陷入偏执的恐惧

也无法和你分享厄运

我能遭遇的风险危险

我所走过的弯路歧路

其间隔了六十年

如地上的腐叶

可踩踏,不必停驻

外公一辈子没有撞大运

希望你也是

外公一辈子无浮财

希望你也是

外公帮不了人

也害不了人

外公愚笨

世间唾手可得之物

往往费尽洪荒之力

外公有时是一个废物

希望你不是

外公最难的

是做一个正常人

希望你是

幸福的时光

我一生也有幸福的时光

沉迷于与外孙独处的时刻
女儿终于开恩——
允许我下午带淼哥在
附近马路上晒太阳
淼哥被包裹得严严实实
但两只眼睛透过纱幔依然
将一切尽收眼底
北京冬天的阳光真吝啬啊
只是偶尔照在淼哥身上
我在稀薄的阳光和干燥凛冽的冷风中
与淼哥信步溜达
我胸膛里溢出的幸福
铺满了眼前的每一条路
所有人都是多余的
在有节奏的推行中
淼哥昏昏欲睡
后来我惊喜地发现
小区密密匝匝的丛林间有一处豁口
阳光聚焦不散
我把手推车停在那巴掌大的地方
蹲在马路上懒洋洋
数来往的车流
他一会儿便睡着了

数 据

室温二十摄氏度到二十五摄氏度
温奶器温度四十五摄氏度
饮水器设定五十五摄氏度
磨砂台灯八瓦到十五瓦
床扶栏高七十厘米

淼哥一出生就被
纳入各种科学数据
我担心长大后
会不会成为机器人

雷 公 啊

武汉连日晴朗燥热
今晨忽然雷声隐隐
在窗外愈来愈猛烈
似报复性地阵阵怒吼
想到千里之外的淼哥
我再也无法入眠
雷公啊
请让我彻夜难眠
请略过北京昌平

略过回龙观小区
也请把滂沱大雨
全部下给我

荡　漾

我一直在古老的问题上
陷入困局——
我希望你长得快些
可你两年后才能上幼儿园
时光真慢啊
恨不得马上让你背上书包
但我又担心你长得太快
快到你的春天刚来
我的秋天只剩下了几节尾巴
生活不会遗漏和跳越
一定有一种不快不慢的生活
让我们领受同一人间
我希望踮起脚尖看到
你二十年后英俊小伙的样子
当然也会看到我佝偻着
在黄昏中白发飞扬
你带来的那个姑娘
姥爷会忘了她的名字
像风吹桃花一闪而过

我希望你一帆风顺
又希望不要给你省略
该有的风浪,以我之躯
无法也不愿为你阻拦
在激流和平缓之间
我想让你轻轻地
荡漾

2023-9-1—2023-11-10

乐山大佛 三首

乐山大佛的右手

据说长约八米
远看拇指上有一棵草
近看是几棵小松树
在陡峭的悬崖上,这些树
不可能是人为栽种的
它们是如何植入佛体
钻进佛的手心里的
又倔强地站稳身子,伸出头

醒目地长在佛的大拇指上
如掌心开出的莲花
开枝散叶，迎风兀立
像大佛打出的信号旗
岷江暴涨

江上的行船围拢过来
目光攀缘而上
几棵无来处的树让世人仰望

在大佛脚上休息

他们成群坐在大佛的
巨脚上，每只脚上过百人
平坦、厚实、宽阔
午餐、打盹、闲聊
佛脚承万斤之重
被众生压住
脚背上每一根青筋都凸起
不知是不是在喊疼
我担心佛不堪重负

如果佛的双脚用力一抽
这些人会像蚂蚁跌入
翻滚的岷江

我的担心是多余的
所以佛的信众众多

修 脚 师

一条江陪着一尊佛
一尊佛守着一条江
共有蓝天、白云和头顶的星空

枯水时节
佛脚趾孤悬
让草和树躬下身来
以亲芳泽

涨水时节
江水齐腰
一节节踮脚举案
为佛浩荡献礼

当佛的巨足泡于水中
抠进肉里的坚硬指甲便开始松动
这天地间的修脚大师——
风浪为钳,流水熨足

待水落石出
佛已剪好指甲，洗净污垢

2023-11-8—2023-11-13

观鄂州观音阁

横亘在长江中
一段肠梗阻
洪波擦肩而过

江上扑面的浪花
喷溅，江底多少
石头的砥砺，与
千年的流水较劲
要多大的底盘和定力
才能抵抗冲刷
江水浩荡向前，逆流而立
从不后退半步
青砖、木框、回廊
木鱼与江水同拍
应和长夜寂寞的回声

是谁忽发奇想
将菩萨与众生隔断
让观音坐于流水之上
只为江水祈福
人间的苦痛
无可泅渡

2023-12-3

大　　堤

父亲看着我单薄的身体
把半截烟头杵在方桌上
离死亡还有九年
那个秋日午后的大堤

板车在暖阳中缓缓滚动
把化肥从白螺矶运回池口
这以前我三个哥哥轮流陪他
右下方是低洼的江汉平原
左下方是奔涌的长江

四十年后,那个大斜坡还
隐约可见。恍惚中惊魂
有一阵父亲在身后突然沉默
只有木轮擦着地面的吱呀声

他身子向后,蹬住脚窝
一小步一小步下移
他教我在一旁握住左轮上的
木把往回拉。板车平稳下移
但我一脚踩空,惊慌中松手——

也许很短,也许漫长
他从水田爬起,手上滴着血水
掀掉肩上的轭,甩开手上的绳子
跌跌撞撞走上来,把我摸了一遍——
"还是太小了"

父亲说这话时
又过去了几年
离死亡越来越近
我再没去过那条大堤
长江一直在我左边

2023-12-9

河 口 志 三首

凉 山 果 园

小山把夕阳围成一个黛色的摇篮
篮边上一弯浅月不知是
要落下还是升起
深秋的浮叶上
散落着一群来历不明的诗人
他们在那里交头接耳
仿佛有未尽的话语
云朵在夕阳里一片片回家
他们从橘树上摘下橘子
并不急于剥开和吃下去
因为无法把握的酸和
牙齿的忍耐度而犹疑
有的在手上磨蹭一会儿
又把橘子还回去
仿佛它们又可以回到枝头
面带青涩和圆润
在初冬的寒风中摇曳

河 口 镇

要找到自己的过去何其难
往事细碎,像深秋的棉花
扯掉后又种上越冬的作物
痕迹抹除像未曾来过
我中年的某一段遗落在此

那一年我被塞进这个袖珍小镇
学会了吃螃蟹、看落日、独处
蜷缩在三层行政小楼
冬天以冷水洗濯,食堂的菜谱发黄
更多的寂寞从傍晚赶来
与那么多的长夜相处
用孤独的文字对抗

左有西塞山的白鹭
右有沙洲的杨柳
我背上行囊里仅有的文字
沿着长江大堤慢跑
键盘上渐渐开出了桃花

生命在这里拐了一个弯
打开了河口

晚　风
——致汪岚

我们坐在凳子上聊天
看浑圆金黄的夕阳不肯下山
像有些话卡在树梢
晚风越过篱笆
我们安静下来

小桌上果品丰富
但我们沉湎于说话
或沉默，连一束细长的甘蔗
也未及品尝，只想象
它的味道

你的话比晚风还轻
却让夜色兴奋
仿佛给我们发放了尼古丁
点着了每个人
夜越来越亮

2023-12-5—2023-12-11

晚　霞

从午后到黄昏
他一直盯着湖面
从左边看过去只有水草
从右边看过去也是
往前看水越来越深
去年或更早也是这样
他抬头看了看天
一根电线杆离他大概五米远
稍远有个铁塔
一直到夕阳下的
反光晃他的眼
他看见他被点着了
扑腾到水里
拼命往岸边游
路过的人说
他的钓线甩到了高压线上
远看晚霞中有一团火球
捞起时已没有人形
他感到纳闷——五米远

钓线的长度和高度不够啊
路过的人说
可能是风吹的
风吹起了线而那人抓住不放
看年纪应该已经做了父亲
他说，是的
那团晚霞是我父亲

2023-12-11

影　　子

那年暑假
父亲有一天问我
他是不是死了——
"大白天走路为何没有影子？"

我以为父亲得了臆想症
或者提醒我们他老了
可我和他一起插秧时
我的影子在水田里拉得老长
我移动一步影子也移动一步

父亲的面前只有一道白光

我吓得不敢言语
我变换各种角度去看
还是那一道白光

有一天午后
我故意和父亲走在田埂上
我想在地上和水田里
一定还可以看到他的影子

次年,我的两个父亲都走了

2023-12-17

2024 年

阳台晒诗

我家阳台上长年有几十本诗集
天天晒着
熟人的晒
生人的也晒
想把书页晒枯了
晒成一片片荷叶
把句子和修辞晒成藕粉
煮了,蒸了
咽下去,囫囵吞枣也行

时间一长
有的诗集着火了
有的长成了仙人掌
有的冻成了冰雕
有的如冬天的乌桕,只剩几片叶子
有的如绿萝,动不动就
趴在我的枕边

有一本著名诗人写的

自己命名
尚未出版

2024-1-11

夏　　天

樟树的脸越来越黑
门前的河水起了皱纹
木槿佝偻沿着晚风中的篱笆屈身
1982年漫长的夏天,农历七月末

晚饭后,父亲不再和我说话
也不正眼看我。他匆匆扒拉几口饭
一个人从后门出去,很快
他瘦弱、矮小的身躯变成了
夜色中跳动的烟头,像萤火虫
夜再深一些,像磷火

中午最炎热的时候,一位老支书
穿过庄稼地,走几公里
他小心翼翼问柘木桥邮局:有没有

池口村易家墩一位复读生的信
开始他语调平静,半月后
渐渐升高。他钻到柜台翻捡
并质问——是否?
不,一定有了遗漏

每次,他饿着肚子,待到下午
无力地踏上归途,暮色渐渐
合拢远处的村庄,柘木桥下
秋天的河水暴涨

我早已做好又一次失败的准备,并认命
此生只能做一个愚笨的农民
不再挥霍亲情和可怜的口粮

树叶快掉光的时候,某天中午
父亲像打了鸡血,他一定是跑回来的
到了易家墩门前的大路,他放慢节奏
上衣口袋露出浅黄色信封一角

晚上,父亲端起酒杯:喝
他把烟丝吸成了灯笼,嘟噜着——
跑了里把路,想哪里不对
又折回邮局道歉

2024-2-15

安山苦柚

只能看不能吃,半年结果
开年掉光。它们只具备果的外形
乳黄色的乳头挂满叶间
虚幻盛景让人慰藉
一棵树结上百个,体量大
抓不住枝头的只得放手,嘭的
一声落下,宣示分离、诀别
我抚摸着脚旁边的一颗,死亡中依然
保持仪礼,圆满、光滑
用手挤压已然松软
命名苦柚的人不堪其苦,已背井离乡
松涛、云岚再也不能摩挲、吮吸
它们各有命数,完成轮回
先不断增色,至盛夏大放金光
再不断掉色,渐变浅、变淡
从不相约一起赴难
在母体上悄无声息,一一作别
先圆满者先松手

饱满的过程也是殉道之旅

2024-2-19

罗 汉 松

作为一棵树它付出太多
作为树的要义已被颠覆
被人在头顶削出一片坦途
失去了最高耸、最孤绝的地方
离天空远，离寒冷近

安山的冬天不会宽宥它
我多想为光秃秃的小平头戴上帽子
它扎着马步，齐腰平身
整齐有序地列队。如此
被称为罗汉——菩萨的最低起步
但依然怀有舍身饲虎的初衷
万物都龟缩着，只有它
一如既往地身心洞开
在嗖嗖的寒风中修炼——
一刀一刀上刑

刽子手在室内
有供暖

2024-2-23

雪中夜归

攒了多少年的雪,无休无止地
撒向这座城市。是老天调整了温度仪
天空的播雪机调转了方向?
如樱,婆娑;如幡,漫天
这座我生活了四十年的城市,第一次
因为不依不饶的雪,凝为一体
汉口—武昌—汉阳,三镇无间
有多少次?多少年?我们怀抱火炉
仰望天空。等待的云朵都化成了雨水
而雪,都下在了遥远的江汉平原
下在了故乡发白的小道和少年贫寒的书包上

今夜,大雪仍如盖,继续为这座城市
盛装加冕。华服连天,宽博、浩渺

举目即雪穹,透亮如白昼
桥梁、高楼、巨塔、观寺诸多伟岸之物
在瑟瑟中均成雪垛

今夜从梨园饮酒晚归
所有网约车都关张。今夜的道路没有选择
悲喜自渡。我被前后左右的雪围困
每一脚踩在淡白的雪上,都嘎吱惨叫,下沉
接地才觉踏实,每挪动一步都有
无数的雪花在身旁翻飞。人世无多,朋友愈少
这难得的亲密让我感动,无须辨认
此一朵与彼一朵,均为天赐,并非虚无
并非缥缈。今夜,空茫的宣纸上
一个小墨点,被风雪纳进天地的素描中
众多被突然折断的树枝,未及写好遗言
万家已无灯火,依偎者善自珍重

2024-2-23

冬之栾树

扯光最后一片

细密的黄色叶子
无声地落满树下
干硬的秃枝和清瘦的树干
孤悬于寒风中

为何如此决绝
不留下一片夏日芳华
如何彻底松手
让怀抱里空空如也
凭寒风和雨雪灌入

每次经过都感觉
寒气逼人,身无可依

一定有更大的悲苦
需要忍受。愿遭天谴
这样自虐的剥离
在忍受中体现生之侥幸

2024-2-25

在田野上遇到一个人

午饭后去前垸闲逛
当年的大堤已降为田间小路
一些绊根草菟缠绕,做
最后的抵抗
前面有个人,老远看着我
走近了逼视我
侧身而过后,他又回头斜着眼
打量我,犹有不甘
似乎陌生又熟悉
也许是小学、初中同学,也许是村邻之人
四十年前,我在此插秧
割谷、摘棉花、采黄豆
流尽了青少年的血汗,如今
已成异类,一张老脸再无人识
为了不让他们惶恐
我选择躲避、绕行
所幸还有泥土、流水、冬麦、丛林
它们也不认识我

2024-2-27

晚宿浏阳河

晚宿浏阳河第一湾
寝后传来有节律的轰鸣声
应该是风雨大作
一夜安睡之后,声音依然
为何烈度如此,且十分均衡
早醒拉起窗帘,仍感三月的轻寒
循声望去,原来窗下即是浏阳河
几十米开外竟有一道瀑布
一面河水被巨石托起,河水高高
抛出,跌入下游,飞沫如注
开窗如闻鼓擂,一阵一阵
但并不影响旅人深睡
反而助眠。是谁设计的
足可烧脑——一种隐约潜涌的伟力
使平稳的河湾涌起
惊涛骇浪,似身旁有悬崖绝壁
这精心的布局让我受教
平稳的生活需要落差,需要跳升
我仿佛看到自己的大半生

像家乡的小河终结于细水微澜
心中的巨石早已沉底
不敢，也未曾想过拦截
因无法承受偶尔的断流
连泡沫也没有泛起

2024-3-3

打水漂的左撇子

可方可圆，找准着力点
可行稳致远，像点着
引线起爆，连绵炸开
直至心力尽失，踉跄沉底
起起伏伏前行时
要有成串的浪花簇拥
也要有入和出的好身段

长江北岸，一个左撇子少年
侧身、猫腰，满含着泪花
任凭怎么使劲，也无法把
手中的石块送到江心

江涛和风声教育他
有一种伟力,需要多次无功而返

四十年过去了,左撇子也曾多次
回到故乡,眺望波诡云谲的
对岸,依然有少年的冲动
只是懂得圆胜于方后,趁手可掷的
硬物越来越少
搅动的几片浪花,像余生的泡沫

人世奔流早过千帆
收起了江鸥的翅膀。左撇子
心有余恨,偶尔想起自己的那只右手

2024-3-6

没 意 思

暴躁的父亲走后
母亲又生活了近二十年
从父亲死亡的悲痛中

我们感到某种庆幸
也许母亲会过得幸福些
对父亲的忌恨并不因为他的
死亡而离去,很快忘了他
但每当我们历数父亲的不是时
母亲面无表情,不发一言
或者将话题引向一边
妹妹发现她只在没人时
才给父亲的烛台上香
有时晚上不开灯,无语独坐
父亲的镜框一年四季擦得锃亮
有一次孙女问
"爷爷是不是长得很凶?"
母亲抱起孙女
"老头子只会凶我,疼你还来不及呢!"
"老头子是什么意思?"
母亲摇摇头,自言自语
"老头子没意思。"

2024-3-11

河

降雨、融冰而成
风、浪、潮、汛——自成一体
水底无声的涌动,维系着
循环与命数

我见过最神秘的河
由一根根细细的血管构成
有的粗大,青筋凸起
像一条条蛇盘踞
纤细的女人伸出手
要反复拍打才能隐现

我见过从上游流过来的河
在滞塞中遗传胎记
出生即背着风箱
入世越深,风箱越重
涨落时,血红的潮汐如雷管
某个支流设卡,昨天和今天
短路。我见过重症监护室

紧急的引流、扩管

我见过生命如此脆弱
一条河重被激活,从此
对决堤有了防范,如我
终日离不开美卡素、活络喜
靠它们疏通我板结的血管——
这凝固的乡愁,高盐、黏稠
需大剂量稀释。我见过桃花灿烂
如我父、我姐、大哥
他们很早就被堵在洪湖的湖汊里

2024-3-11

鹆

很多种类很多体型
叫声也有很多种
我只关心一种偶尔的鸣叫——
"东鸟,东鸟。"

叫自己的小名

高兴了？抑或忧伤？

在老家乡下
小孩生病了
对着漆黑的夜
叫他的小名——招魂

偶尔在湖边走夜路
惊飞一只鸫
"东鸟，东鸟"——
断断续续落在湖面上
一边鸣叫一边回头
我不禁喊出自己的小名

2024-3-17

雨中一夜

雨下了一夜，早六时许停了
伸出窗沿的雨棚，经受了拷打——
千万条鞭子，夹杂着低沉的怒吼——
宁死不招。我在心里做着笔录

这偏执的生活,所有的口供
都带着虚安——真正的忏悔者
是床上无法入眠的人

我住在三楼,枝叶伸进阳台
一直和风雨平身
这一夜的冲刷
道路、树林容不得一点残渣
我浸泡在往事里,时浮时沉
雨水一遍遍冲出伤疤、悔恨
不多的爱,更多的不堪
床上的落汤鸡遍体鳞伤

现在喧哗结束了,万籁俱寂
总在一瞬入定
窗外依然晦暗——
最好与最难相处的是自己
悲喜且自渡

2024-3-27

剥　　离

今天陪了你一天
在去世十四年后
你身轻如燕，我拎着你
去乡下了断

一部分洒向湖中，风吹枯荷、菖蒲
很快摇荡而去，推送于无形
一部分埋于树蔸，与根连理
在玉兰、桂花、樱花之外
如遍地的油菜花开放

现世和来世，你都只需要
方寸之地。在小小的瓶罐里
你又活了十四年
每开书柜，你凝立一角。我必长揖——
你加持的日子才觉踏实
死亡并不意味着撒手
而现在，千揖过后，我想让你
彻底地死去

在凌乱的生活中打转

我一直让你通风、采光、防潮、防虫

我们母子一直在与时间较量

你多么争气、硬气

再次面世,依然光洁如新

坚硬成块的亮白、细碎如辗的灰白

依然呈现出生命的颗粒——粗粝、凹凸

捧于掌中,尚感温热

一阵风来,展开蝴蝶的羽衣

我的偏狭之爱,让你与自己

阴阳相隔,不能转世

我把你植于树下化入流水

将所有与你有关的——

瓶罐、念珠、绸布、束带——掩埋

我与你全部剥离——

世上再无母亲

余生再无所背负、再无所托

2024-3-29

沉湖芦苇论

旧的还在岸边、水泽里
只是头已不再挺拔,在四月的
轻寒与初热中,自然垂首,随风而扬
自然地老去,令
匆匆而来的我们心生敬畏
而新的已迫不及待
一节一节拔高,迎风招展
枯黄与新绿交错相映
只是一个向下,不断降低身段
一个向上,一天比一天蓬勃
出发与回归,落幕与登台
它们共享这个春天
每天都在交换身位
结局与风景毫无悬念
很快,后来者的臂膀伸向蓝天
我手扶近旁挺直干瘦的苇秆
请随行者多拍了几张

2024-4-1

迟　疑

我总是那么迟疑
这过于热烈的美
于我，已不合时宜
在消泗的油菜花海，我宁愿
又一次错过。它们只在
剩得不多的怀抱中僵持，在早春的
暖风中，依然不肯放手
我一向偏爱残局、落花
在灿烂时却步，并非心境
也并非半世浮沉所赐
我一向对没有节制的事物
心怀警惕。这一切不是真的——
不是每棵油菜都可以开放
请在田埂上，蹲下来
拨开出过风头的垂枝
地面上还有多少弱小的
还来不及伸展腰肢。在被欺凌
大半生后，它们从头顶的枝蔓
缝隙中采光，开成一丛丛低矮的

营养不良的小花,也叫油菜花

2024-4-1

寻 亲 记 七首

易 雄

终于,在你死去约一千七百年后
在湖南浏阳枨冲镇
找到了你——长沙郡主簿
因不畏死难谥忠愍侯
只有你入了《晋史》《资治通鉴》
始祖可考

请你承始祖之名
立于忠愍侯牌坊
请代所有先人收下
我们的供奉、朝拜
至于祈愿不必在意
同姓者易,同姓者不易

忠愍侯牌坊

细雨的成全,我们每人
撑着一把伞上山。坡虽不陡
雾雨下伞的纵队,列出
几个寥落的方阵,清明前更见
来者赤诚。捐款者的名字
密密麻麻刻满了坊后立柱
从几百元到几十万元不等
雨水冲刷后显出道道石槽
深浅不一,重雕
深嵌者,均有大呈献
满目"易"字在风中,如松涛
席卷,水雾翻飞,顿感庄肃
村支书易普查介绍,靠海内外宗亲
捐款,在枨冲村买下十几亩地
山水相拥,花木锦簇
见随行诸亲各有芳名勒于石碑
我来较晚,颇觉汗颜
我对着近旁一丛青桂扫码
一阵山风摇落缤纷

鞠四躬

非宗亲,鞠三躬
宗亲鞠四躬
家属与异姓三躬后可退下
这多出来的一躬
无需验明正身
来者姓易
据说有外人一试
就四周天色变暗
陡起风雨

两百万人与我同姓

作为两百万分之一,我来自
监利最南的柘木乡池口村
易家墩分上中下,凡几百人
我父我姐我兄我妹,居数百年
最令人信服的结论——发源地在河北
西周时,某诸侯被分封至易水河
沿河而居,遂姓易
又据考,易氏散居,迫于生计或战乱
如茅草乱篷,东、南、北散落
独缺西。湖南浏阳为众

数十万,北易水与南浏阳河
是何时交汇的不可知

易水壮士慷慨之歌
浏阳河九道湾,五十里的水路
阳刚与阴柔,延绵悠长

两百万分之一,是我的身份,也是坐标
作为子、弟、哥、父,以及叔、舅、姑、姨父
我成为易氏长空划过的一颗星
尽两百万分之一的义务
我还有更大的坐标,更深的根脉
在炎黄的大血亲里
我成为萤火虫,发出
十几亿分之一的光亮

打　卡

易雄没有想到自己
作古千余年后成了网红
他的出生地被后人细心打磨
每至周末、长假、清明
易氏子弟从各地纷至沓来
在廊坊、石碑、香台、松柏、青桂和
清风、云岚、松涛中流连、留影

这座不高、尚没有名字的小山
常年接待数以万计的易氏宗亲
他们匆匆来又匆匆去
很快消失于浩茫的人流中
继续姓易

小　易

七十八岁的易武兴声如洪钟
介绍易氏宗亲，如数家珍
这位人缘极好的浏阳市原副市长
退休后没有别的爱好——研究《易经》
他走访各地，积数年之功
得到地域、人数，甚至每位易姓者的资料
原来早被老爷子登记在册
我由此心虚，希望不要详录
请忽略我年轻时的荒唐
当他突然喊一声"小易，请起立"
会场上所有人齐刷刷站起
"到！"小易们互相拱手
"小易好！""小易好！"

名　人

找出名人有必要

名气不重要,姓重要

易雄、易袚、易元吉
易培基、易中天、易建联
还有省级干部,影视明星

忠愍侯牌匾为易中天所题
他姓易,其实不易

我姓易,很容易
概无所求
我也有名气
在湖北次要诗人诗社

2024-4-5—2024-4-15

单 人 床

3048 号房,单人大床
天无和剑男住
我让一位优秀评论家和
一位好诗人同床

诗和评论都很尴尬

我猜他们
宁可通宵聊天
也绝不愿触碰到
对方的任何部位

四十年前,他们是同学
偎依在桂子山,紧挨青春的
脚趾,背靠背,腿压腿

他们很快同时发现问题,并
和德庆进行了互换
心可敞开,身体敝帚自珍

2024-4-28

晚十点半接刘年入园

卡在傍晚和深夜之间
卡在半斤上下酱香之间
电话不时响起——

园门关了,进不来

半轮残月已经昏暗
此处远郊、荒山、野岭
掌钥人已回城关。我心忧戚
忽记起云水湖边
有一小路可拨草而出

沿湖边花丛疾走,头上肩上早
分不清梅花、樱花、梨花、泡桐花、鸢尾花
几株照水梅于水中拉长黑影
满湖暗波晃荡,又觉酒杯在手
豪情荡胸,晕眩前行
提醒自己下脚要沉稳

一个行走了二十余万公里的诗人
卡在了五百米之外
我老眼昏花,也要给他打开
投宿之门

2024-4-29

王 与 猫

我们时常坐在床头
听右边那间的动静
一个威严的人是王
他主宰着茫茫长夜
少年的我时常撑不住
时常在一声断喝或
痛苦的呻吟中惊醒

王是村支书
他的身边有一只猫
那是我很傻的母亲
她时常坐在黑暗中等待
她仰王的鼻息苟活
王发出鼾声
她乖乖爬上床
她只占杂木床上很小的一角
被子被王裹挟
她轻轻拉过一角胡乱对付

我们恨那个自以为是
暴躁的男人
那个天天呵斥她
骂她的男人
他占山为王
只领导百把个村民

我很傻的母亲说
他抽烟、喝酒，还牙痛
操全村人的心

2024-5-13

鬼

父亲四十来岁开始牙疼
似乎每天晚上都难以入睡
他痛苦的呻吟声
比深夜狗吠更尖利
邻居们插紧门闩
我猜有个鬼钻进了他的嘴里
拿锯子锯

他的哀号时断时歇
每一次停顿都在酝酿新
一轮更大的痛
父亲把中年后的睡眠
切成了两半——
上半夜搏斗,下半夜安睡
但白天父亲就像换了一个人
抽烟、发脾气、骂人
他已经深知宿命
在白天的发泄之后等待
每一个夜晚上刑
这可怕的魔鬼让我对脾气暴躁
的父亲由恨生怜
但我们始终捉不住它
连鬼影子都看不到
父亲后来干脆出门走路
他的烟头于漆黑的田野上
一闪一闪,也像一个鬼

2024-5-15